Les Poètes du Tango

*Édition d'Henri Deluy
et Saúl Yurkievich*

nrf

GALLIMARD

Saúl Yurkievich est mort le 27 juillet 2005, Né en 1931 en Argentine, il vivait en France depuis 1966. Professeur à Paris VIII, il collaborait à diverses universités dans le monde. Il avait été membre du collectif de la revue *Change* et demeurait un collaborateur proche d'*Action Poétique*. Plusieurs de ses recueils de poèmes ont été publiés en traduction française. Chargé de l'édition des œuvres complètes de son ami Julio Cortázar, il avait publié *Littérature latino-américaine : traces et trajets* en Folio-Gallimard.

Avec Gladis, son épouse, nous avons relancé ce projet.

Nous n'avons pu, bien sûr, partager notre tristesse.

H. D.

Ce livre, en son état actuel, a été rendu possible par le travail, le savoir, l'efficacité de Gladis Yurkievich et Laura Acuña Teruggi. Qu'elles en soient, ici, remerciées.

TANGO : DÉFINITIONS

n. m. (mot esp.). Nom générique de danses populaires (à deux temps) d'Espagne, de Cuba, du Mexique, de la République Argentine et aussi du Brésil. Le tango fut, à l'origine, dit-on, une danse mauresque adoptée par les gitanes d'Espagne, transportée de là dans la République Argentine. D'Amérique, où elle prospéra singulièrement dans les milieux nègres, cette danse revint en Europe vers 1912, où elle se dépouilla, au moins en partie, de sa mimique inconvenante, pour devenir une sorte d'ondulation compliquée, avec marche cadencée, à deux temps, et chassée sur le côté. Larousse du XXe siècle en 6 volumes, 1933.

*

Tango, vers 1912. Empr. De l'esp. d'Amérique tango. O. Bloch et W. Wartburg, PUF, 1968.

*

n. m. (mot hispano-amér.). Danse à deux temps, venue de l'Amérique latine. Adj. Inv. d'une couleur orange : des étoffes tango. Larousse 1968.

*

n. m. (1864 ; mot esp. D'Amérique, répandu en France en 1912). 1) Danse originaire de l'Argentine, sur un rythme assez lent à deux temps. Un tango langoureux. *Par ext., la musique de cette danse.* Jouer un tango. *2) (1936). N. et adj. Invar. Couleur mise à la mode lors de la vogue du tango. Orange très vif, orange foncé. V. Orangé.* « Son grand sac de toile brodé tango » *Aragon*). Petit Robert 1970.

*

n. m. (mot esp.). Danse de salon et composition musicale, de rythme lent et continu, à deux temps, proche de la habanera. (Danse en couple, le tango, surtout « argentin », a une chorégraphie souple et très élaborée). Larousse 1983.

L'HISTOIRE, TOUT LE MONDE LA RACONTE

Le tango naît dans les abattoirs du sud de l'Argentine, entre gens de couteaux et de lupanars. C'est d'abord une danse canaille exécutée par les gouapes des faubourgs, un défi lancé par des « machos » querelleurs, une bravade de viveurs et de rufians ; il devient par la suite la plainte de l'âme en peine, celle de l'amant délaissé, une lamentation mélancolique sur ce que le temps efface, sur ce qui ne reviendra plus. Le tango est presque toujours plaintif et nostalgique. Il peut être rancunier, satirique, sarcastique, teinter d'humour son mécontentement et son désespoir, dissimuler son angoisse sous le masque de la dérision mais n'a pas grand-chose à voir avec un présent heureux, l'euphorie de la fête, l'effusion hilare. À la différence de la musique afro-américaine, le tango est plutôt grave, retenu, acerbe. Il dit ce qui attriste, les déboires que le destin inflige, il exprime le mal de vivre, et chante ce qui est perdu à jamais. C'est pourquoi Enrique Santos Discépolo le définit comme « une pensée triste qui se danse ».

Bien que les meilleurs paroliers, compositeurs et interprètes aient un nom italien — ou pour cette raison même —, le tango incarne la quintessence du fait argentin. Comme nul autre genre, il transmet ce tempérament fait de cafard, de rage et de facétie, toutefois douloureu-

sement retenus. Sans doute le tango véhicule-t-il quelque chose de cela en tant que produit du Río de la Plata. Ses créateurs lui ont insufflé le tempérament local, l'esprit de la ville qui l'a vu naître. Mais le tango comme le jazz — surgi à la même époque et diffusé de façon comparable — ne sont plus des musiques vernaculaires. Même si on peut localiser leur apparition, on ne peut les réduire à de simples produits autochtones. Ils font partie de notre patrimoine à tous dès lors que l'on est séduit ou ému.

L'origine du tango est incertaine. C'est une musique de la zone, native des faubourgs miséreux, issue du monde trouble des déclassés, de l'amalgame hétéroclite d'une population mi-rurale, mi-urbaine. Le tango apparaît simultanément de part et d'autre du Río de la Plata. Né d'un croisement, il absorbe tout ingrédient à sa portée : le Noir et le Blanc, l'Américain et l'Européen. On ne connaît pas l'origine de son nom auquel on prête différentes étymologies. Pour les uns, le tango désigne le tambour ou tam-tam des Nègres ; pour les autres, le mot vient du verbe africain « tang » (toucher) ; ou bien du vieil espagnol « tangir » (jouer d'un instrument) ; ou encore du « tanguillo » andalou (toupie que l'on fait tournoyer à l'aide d'un fouet). D'autre part, on raconte qu'il existait dans le Mexique colonial une danse de couple appelée elle aussi « tango ». Une apparition mal cernée, un nom à l'origine controversée, l'évolution du tango est néanmoins connue. Son histoire, tout le monde la raconte : elle est plus ou moins authentique.

Le tango naît entre Montevideo et Buenos Aires, à la périphérie des deux villes, au sein du bas peuple, là où loge la tourbe de la canaille. Les prostituées le dansent avec les truands, les proxénètes, les hommes de main et les vauriens.

Le gaucho a quitté son patelin pour la bourgade. Il est descendu de son cheval et marche d'un pas tranquille le long des rues de terre bordées de constructions basses et de murs en pisé. Habillé comme un paysan — culotte bouffante, béret et espadrilles —, il côtoie les « jolis-cœurs » qui eux portent des pantalons ajustés et des chapeaux à bords relevés ; il cohabite avec les « gallegos » (appellation qui englobe tous les Espagnols), avec les « tanos » (nom donné aux Italiens), avec les immigrants installés qui exercent toutes sortes de métiers. Là, parmi les taudis des faubourgs, quantité d'hommes seuls déambulent en quête de consolation. Bouis-bouis et bordels la leur offrent. C'est dans cette atmosphère lourde imprégnée d'odeurs fortes, de la fumée des fours et des cigares que surgit le tango, fils de la « milongua » — mot africain qui en langue bunda signifie « palabre » et qui dans le parler du Río de la Plata désigne une danse d'origine noire.

À Montevideo, on prétend que le tango a couvé dans les académies. C'est ainsi qu'on appelait, à l'époque, les entrepôts-débits de boissons où des bals publics étaient organisés. Le tango serait issu de l'académie de San Felipe où se retrouvaient « jolis-cœurs » et danseurs noirs. Des danseuses, attachées à l'établissement, étaient payées à la danse. Une seule exigence : qu'elles dansent bien et sans répit. Sur leurs jupes amidonnées et bouffantes, elles arboraient une jupette, afin de mieux manœuvrer dans les figures.

Peut-être le tango est-il passé des berges orientales du Río de la Plata aux bas quartiers de Buenos Aires... Les hommes des deux rives faisaient assaut du titre de noblesse ès tango, les deux capitales se targuaient d'en être le berceau.

D'après les gens de Buenos Aires, le tango aurait surgi, vers 1880, dans les « Vieilles Écuries », sur le sol damé de quelque épicerie pour garçons d'abattoirs, dans la lice des combats de coqs, entre deux parties de cartes ou d'osselets, dans une cour de terre battue, ou encore dans les bals du dimanche. C'est une danse sans paroles pour couple bien enlacé, qui mêle les enchaînements de la habanera aux croisements de jambes de la milonga, les fulgurations du fandango aux battements de talon du candombe. On le danse avec des pauses — tango de « rompe y raja » —, avec des figures : assise, huit, flexion, promenade, glissade, demi-lune, déhanchement, galop. C'est le tango milonga — un-deux / un-deux-trois-quatre — folâtre et vif, à la chorégraphie quasi acrobatique. Il est joué par trois instruments : accordéon, guitare et harpe. S'y joignent ensuite la flûte et la mandoline. Ce tango, primaire et sauvage, est exécuté par des musiciens qui jouent debout, à l'oreille, avec une large part d'improvisation. Les premiers danseurs étaient des hommes graves, aux airs de gauchos, et des femmes en robes froufroutantes de percale. Puis, avec l'entrée du tango en ville, apparaissent les « jolis-cœurs ». L'histoire du tango, c'est celle de sa progression des faubourgs jusqu'au centre de Buenos Aires.

On le danse dans les fêtes populaires, sous les tentes des « Barracas » dans le Nord ou de la « Recoleta » dans le Sud. Le « joli-cœur » — pantalon moulant à rayures, large ceinture noire, veste très courte fendue dans le dos, foulard blanc, fleur à l'oreille (œillet ou géranium) et chapeau à large bord retroussé —, fermement campé sur un carreau du sol dirige sa compagne en un va-et-vient, la main placée sur la taille. Il la guide par de subtils signaux, avec un hiératisme autoritaire. Elle, d'une voluptueuse agilité, exécute, soumise, les injonctions de son homme. L'initiative, c'est l'affaire du garçon. La qualité première de la femme, c'est son aptitude à suivre parfaitement son partenaire, à le suivre comme son ombre. L'homme presse sa taille pour lui intimer le rythme et les figures, il l'enlace et l'accorde comme une guitare. Lui, il part toujours du pied gauche. Elle, du pied droit. Comme dans un duel à la dague, selon la loi ancestrale, il ne doit jamais reculer. Joue contre joue, les profils, toujours parallèles, se croisent ou s'alignent selon les pas. Rituel de sombre luxure, la danse prend entièrement possession du couple. Elle ne tolère ni distraction ni bavardage. Elle exige l'abandon le plus total. Le tango se danse en état de transe. Il se suffit à lui-même.

Tel est le tango « canyengue » ou tango canaille, celui que danse le « joli-cœur » avec sa concubine, le souteneur avec sa gonzesse. Celui que dansent les pépées, les nanas, les brunettes bambocheuses. Tel est le tango que danse le couple archétypal, perpétué dans la mémoire par les paroles les plus célèbres. De ce tango de taverne et de lupanar, provient la mythologie fameuse du frimeur sévère et du joli garçon profiteur. Ce dernier vit au jour le jour, de filouteries, du jeu, de l'arnaque ou des faveurs des femmes, prêt à tout sauf à travailler. Malin, arrogant, la mise soignée, il se pique d'élégance et de courage. Maniant avec adresse la dague et le bagout, il est tiré à quatre épingles et se consacre à la séduction des femmes qu'il tabasse et qu'il exploite. Si par malheur une provinciale se prend dans ses filets, il la pervertit : seule la débauche l'intéresse. Il marche avec fierté, tambourinant le long des chemins de ses bottines à talons hauts, il se dandine et bombe le torse comme s'il disait « Dégagez, un homme passe. » Il regarde les autres avec un mépris provocateur, est d'une virilité intraitable. Il est susceptible et querelleur. Inutile de dire qu'il brille par ses prouesses de danseur.

Tous les noms qui le désignent : mac, voyou, coquin, canaille, loulou, frappe, en disent assez sur son mauvais genre, et qu'il vit de forfaits ou d'expédients. Il a son équivalent partout : le gigolo ou l'apache français, le « majo » ou le « chulo » espagnol, le « picciotto » sicilien, le « guappo » napolitain…

Quant à la femme, la « tanguera », elle fait la vie. C'est le type même de la femme fatale, une canaille elle aussi, qui embobine et avilit l'homme, humilié d'être ainsi assujetti ; ou bien, au contraire, elle est sa chose, toute à son service.

Le couple archétypal du tango c'est, en fin de compte, la prostituée et son proxénète. Ce que trahit le terme « mina » (mine) par lequel le souteneur désigne communément sa dévouée, une vraie mine d'or pour lui, la source de ses modestes revenus. Car jamais le frimeur ne rompt les tenailles de la faim.

Le tango faubourien se chante toujours en « lunfardo », l'argot des bas-fonds. C'est à l'origine un jargon de truands (ils se surnomment entre deux « calaveras », « lunfas » ou « lunfardos ») qui devient plus tard le parler populaire des gens de Buenos Aires. Il absorbe des mots de toutes sortes : italianismes de Gênes, gallicismes, vocables « luso » brésiliens, indigènes ou africains. Le « joli-cœur » parle le verlan (l'inversion syllabique bien connue) — signe distinctif de la voyoucratie : le maître du tango est un « tremai du gotan ».

Dans les maisons de tolérance on danse le tango canaille, à deux dans la pénombre, collés l'un à l'autre telles des ventouses : c'est à ceux qui feront preuve de la lascivité la plus excitante. Le tango demeure la danse lubrique, celle des viveurs, que l'on interdit aux jeunes filles. Mais le peuple le danse. À la tombée de la nuit, les habitants des taudis « Les 14 Provinces », « Les Trois Nations », dansent le tango dans la rue au son d'un orgue de Barbarie. On le danse également dans les Caf'concs, surtout au « Hansen », dans les bois de Palermo. Là, les apaches et les cocottes côtoient les beaux messieurs et leurs demoiselles. Les cochers de tramways tirés par des chevaux entonnent, au cornet de vache, des airs de tango ; les orgues de rue, introduits par les Italiens : les Rinaldi, les Roncallo, les Rangoni, les diffusent à travers la ville. Vers 1900, les tangos chantés de Angel Villoldo : « El choclo», «El Entrerriano», «La morocha», deviennent populaires; ils pénètrent jusque dans les foyers et les jeunes filles les jouent sur le piano du salon. C'est alors qu'arrive le bandonéon, et le premier bandonéoniste connu est le mulâtre Sebastián, conducteur de tramway.

Inventé vers 1835 par un Hambourgeois — Monsieur Band — pour servir d'harmonium portatif lors des processions, le bandonéon, instrument à soufflet et clavier, possède soixante et onze touches, ce qui lui confère un ample registre mélodique. Il s'harmonise parfaitement avec les cordes. Plainte haletante, souffle mélancolique, le bandonéon chante et converse. Avec cet instrument, le tango ralentit son rythme et modère sa chorégraphie. Il se fait plus grave, plus dense. Ce sera bientôt une sage danse de salon.

Avec le bandonéon, le piano et les cordes, Roberto Firpo et Francisco Canaro forment les premiers orchestres typiques. Se dessinent alors deux tendances qui persisteront: le tango-milonga — tchan / tchan — tango rythmique à la mesure très marquée; et le tango-chanson. C'est de cette époque que date la généalogie des maîtres du bandonéon: Juan Maglio alias «Pacho», le premier à utiliser les soixante et onze touches, Eduardo Arolas, Pedro Laurenz, Aníbal Troilo surnommé «Pichuco» sans doute le plus prodigieux, et Astor Piazzola qui tente de rénover le tango avec des heurts dissonants, des effets atonaux et des orchestrations fracturées.

Le tango devient un spectacle. Ainsi, dans la saynète, genre comique, on s'ingénie à introduire parmi les tableaux, sur scène, un orchestre qui joue et un couple qui danse. Le tango est fixé sur du papier à musique et l'on édite les partitions.

Début 1900, le tango s'installe dans «La Boca», quartier du port peuplé par les Gênois. Il y a même un coin de rue «à tango», l'intersection des rues Suárez et Necochea. C'est là que se produisent, dans les bistrots fré-

quentés par des marins de tous horizons, Genaro Sposito, Francisco Canaro, Roberto Firpo et Vicente Greco. Là aussi que se consomme l'alliance alcool, bagarre, femmes et tango.

En 1910, Roberto Firpo au piano et Juan Dambroggio, surnommé «Bachicha», au bandonéon, jouent dans le salon de thé «El Centenario»: le tango a gagné le centre de la ville. C'est à cette époque qu'a lieu, au «Hansen», le fameux duel qui opposa deux danseurs inégalables — le mulâtre Santillán du «Bas Palermo» et «El Cachafaz» du quartier de l'«Abasto», d'où vient aussi Carlos Gardel.

El Cachafaz, homme grave, mince, à l'élégance sévère, regarde du coin de l'œil la profusion d'arabesques et les figures compliquées de Santillán. D'un signe, il invite une brunette. Très vite, il monopolise l'attention de la salle. Le mulâtre le défie: tous deux brandissent leur couteau. Santillán le sien au sol. El Cachafaz danse, les talons collés au fil de la lame d'acier. Avec sa partenaire, Carmen Calderón, Benito Bianquet (El Cachafaz) montera sur scène pour faire étalage de sa maestria. Et comme le basque Aín, il deviendra danseur professionnel. Aróztegui lui a dédié le tango «El apache argentino».

Avec le développement de la ville qui chamboule tout, le voyou mythique — l'«Iberra» de Borges *— qui fait la loi dans le quartier, où il est respecté et craint pour sa bravoure maintes fois éprouvée, ce mâle renfermé qui a ses propres normes et les dicte, qui règle ses différends à la pointe du couteau en duels d'honneur, celui-là même déchoit et devient chenapan. Il doit simuler la classe, feindre la richesse et la désinvolture, il doit camoufler ses origines, s'enduire de gomina, s'habiller en monsieur, se procurer par n'importe quel moyen le fric ou le pognon qui lui permettront d'être promu «caïd» ou «plein aux as», et pouvoir de la sorte se frotter aux «gens de la haute», «la crème»:*

Qu'est-ce qu'ils veulent ces friqués des beaux quartiers
Ils t'ont déguisé en richard
Mais tu seras toujours un étranger chez les aristos
Alors qu'ici t'es un enfant du faubourg
(Ils t'ont changé)

Ces paroles du tango rendent compte de la transformation accélérée du monde ancien à la fois rural et urbain, où les liens vernaculaires sont toujours vivaces, monde de solidarités séculaires qui va être dévoré par la Babel tourbillonnante et fourmillante, par la Cité tentaculaire — méli-mélo massif sur fond d'émigration alluvionnaire. Le mauvais garçon du faubourg, la capitale cosmopolite va l'avaler. Au tango de le perpétuer comme passé légendaire. Et de dire le mécontentement, le décalage et la frustration que provoque le présent. Il dira aussi que la grande ville asservit, dévoie et encanaille. Il dira la difficulté de vivre, de s'adapter à un monde à l'envers, désordonné et sans loi :

... Amer rendez-vous manqué :
Tu vois que le monde est sens dessus dessous,
Tu as cru en l'honneur,
Tu as cru en la morale — quelle erreur !
Ta vie aura été un échec total :
Même le coup de feu final ne partira pas...
(Rendez-vous manqué)

Le tango reflète les mutations du monde qui l'engendre. À travers de discrets changements de style, on voit se succéder les esthétiques à la mode. L'histoire de la communauté qui le produit et le cultive laisse en lui ses marques temporelles. Mais en général le tango ne s'adapte pas aux circonstances politiques. Inutile d'espérer qu'il se plie à des fins prosélytes ou qu'il prenne un contenu étran-

ger à son propre registre. Le tango a un tempérament ferme. Toute modification, pour qu'elle soit acceptable, doit intervenir de l'intérieur et respecter sa modulation obstinée.

Vers les années 20, les académies de tango prolifèrent à Buenos Aires. Les jeunes gens qui n'ont pas les moyens, les pauvres et les timides apprennent à danser entre hommes, dans la rue, à la lumière d'un réverbère ou d'une vitrine illuminée. Les bidonvilles se multiplient et les bals populaires foisonnent. C'est l'époque des taxi-girls, des garçonnes, du glamour et du new-look. *La femme essaye de s'émanciper, elle fume, raccourcit ses jupes, travaille, se teint les cheveux couleur champagne. Les vamps au long fume-cigarette se promènent en automobile avec chauffeur. Les dandys gominés pullulent. Buenos Aires, Babel électrifiée devient fêtarde et très noctambule. La nuit s'écoule* en un mélange d'eau-de-vie, de gin-fizz / Passe anglaise et banco, baccara et paris, cuites à l'alcool et fofolles…

Dans les salons de thé, il y a des orchestres de dames en robe longue. De nombreuses femmes prennent le chemin de Buenos Aires, ville portuaire riche en bordels. Partout on entend « la berceuse funèbre du bandonéon ». Le phonographe apparaît ; Arturo de Nava, El Payador Oriental, imprime les premiers cylindres. Le duo Alfredo Gobbi et Flora Rodríguez enregistre les premiers disques double-face. Il y a un phono jusque dans les échoppes de cireurs. Le tango envahit la ville. Il la pénètre, la représente et la captive. Le frac et le plastron supplantent la veste courte galonnée et le foulard noué autour du cou.

Le tango est prêt pour l'exportation. Il part pour Paris où étaient déjà arrivés « El choclo » et « La morocha » ; arrivent ensuite les musiciens argentins, à commencer par Saborido et Villoldo. Le tango devient à la mode : dîner tango, vêtements tango : jupe étroite fendue sur le côté couleur tango. L'Indien Barnabé Simarra ouvre une académie célèbre. Casimiro Aín gagne un concours mondial de danses modernes au théâtre Marigny. Bianco et Bachicha se produisent au Perroquet, au foyer du « théâtre Casino ». Dans le dancing Le Florida — 20, rue de Clichy — c'est « Canaro et sa symphonie » qui jouent. Contraints par leurs impresarios, musiciens et chanteurs s'habillent en gauchos fantaisie : blouse, culotte bouffante fleurie, foulard brodé, bottes et poignards à la ceinture. Ils vont ainsi, déguisés, de leur logement au cabaret. Linda Thelma porte elle aussi un costume masculin de gaucho ou de « joli-cœur ». De passage à Buenos Aires, le Ba-ta-clan de Madame Randini l'a emmenée à Paris. Elle chante des tangos « porteños » dans « Revue de Printemps » du Moulin Rouge. Plus tard arrive Carlos Gardel qui vient de populariser le tango en Espagne. Le « Le Merle Créole » se transforme en « Roi du Tango ». Entre 1930 et 1932, il tourne ses premiers films — idolâtrés — dans les studios de la Gaumont-Joinville. Les derniers, c'est à New York qu'il les fera.

Lancé comme une mode parisienne, le tango acquiert un rayonnement mondial. La reine Alexandra d'Angleterre le voit danser chez Lord Derby et manifeste son agrément pour cette « ballroom danse of spanish-american origin », à laquelle le Times *de Londres consacre un long article en mai 1913. C'est alors que l'archevêque de Paris lance son anathème contre le tango. Pie X, après l'avoir qualifié de danse de sauvage, tempère son rejet lorsqu'un couple de patriciens romains le danse en sa présence. Le pape conseille — sans succès — de remplacer le tango par la « furlana » vénitienne. En 1912, Rodolfo Guglielmi, Calabrais de Castellanete, qu'Hollywood transforme en Rudolf Valentino, danse un tango « for export » dans le film* Les quatre cavaliers de l'apocalypse, *avec de longs pas de ballet et en regardant sa partenaire dans les yeux. Elle est habillée en danseuse de flamenco, il porte un déguisement de « gaucho » mâtiné de « majo » espagnol.*

Carlos Gardel, «El Morocho del Abasto», chantait dans les fêtes de quartier à la Candelaria, à Balvanera ou à El Socorro; il chantait dans les tripots et dans les épiceries-débits de boissons; il chantait des chansons campagnardes et des milongas faubouriennes. Mais sa façon de chanter était différente, de par des trémolos caressants, sa patine de miel et ses sanglots dans la voix. En 1917, le duo Gardel-Razzano crée, au théâtre Esmeralda, «Mi noche triste» de Pascual Contursi, peut-être le premier tango-chanson. Gardel inaugure un genre qu'il amènera rapidement à sa perfection. Le tango abandonne ses formes simples, répétitives ainsi que les paroles naïves des bardes de banlieues. Il se personnalise, commence à raconter des histoires, met en œuvre l'introspection, véhicule des sentiments plus subtils, diagnostique, fait la morale ou philosophe. L'apologie des voyous est remplacée par un vaste répertoire thématique. «Mi noche triste» constitue un prototype, déploie un argument sentimental, élégiaque, celui de l'amour brisé par l'abandon: La guitare dans l'armoire / est toujours accrochée / personne ne s'en sert plus pour chanter.

Beaucoup de tangos parlent de la douleur de l'homme que la femme trahit ou abandonne, de la gamine d'humble origine que le luxe fascine, pervertit et perd: Et ce fut la pente fatale / du cabaret à l'hôpital, *de l'infidélité punie:* Les preuves de l'infamie / je les porte dans ma valise / les tresses de ma gonzesse et son cœur à lui. *Le tango évoque le souvenir de la jeunesse enfuie, les mœurs, les personnages et les paysages d'antan, un passé que la cité moderne, avec la marche incessante du progrès, saccage.*

Le tango est plaintif et nostalgique. Pour chaque situation de la vie, il est un tango qui la représente avec un incomparable pouvoir évocateur, pouvoir mythique. S'adonnant à l'effusion sentimentale, il sait aussi faire montre d'un humour sceptique et railleur. Il se complaît au portrait caricatural. Il fluctue entre le mélodrame et la tragi-comédie. Plus l'auteur des paroles est cultivé, plus le texte est argotique. Bien que conçus pour être chantés, de nombreux textes possèdent une qualité que l'on peut qualifier de littéraire.

Dans leur ensemble, ceux que l'on a ici réunis, les meilleurs pensons-nous, rendent compte de la capacité qu'a le tango de récréer vivement un monde qui nous implique et dans lequel, d'une façon ou d'une autre, nous nous reconnaissons.

SAÚL YURKIEVICH

LES TEXTES

De nombreux tangos nous sont connus avec des modifications sensibles, parfois de véritables bouleversements, d'une interprétation à l'autre. *La Morocha*, par exemple, comporte plusieurs versions extrêmement différentes les unes des autres. Les auteurs ont eux-mêmes souvent prêté la main à de véritables mutations à l'intérieur d'un texte. Il est donc, souvent, presque impossible d'établir un texte « authentique » (la ponctuation est elle-même approximative). Nous avons choisi des versions avérées. Les textes sont placés par ordre chronologique.

Nous avons écarté la publication des textes de tangos parisiens, marseillais ou corses (*Le plus beau de tous les tangos du monde, La vipère du trottoir...*). Il existe aussi, on le sait, un tango « grande musique » : *Le tango des Fratellini* de Darius Milhaud, le *Tango d'Igor* de Stravinski, le *Tango perpétuel* d'Erik Satie, etc.

Le lecteur se reportera avec profit aux bibliographies et aux discographies publiées dans *Tangographie* par les bibliothécaires de la Ville de Paris (aujourd'hui difficile à trouver). Le livre de Claude Fléouter (*Le tango de Buenos Aires*, J.C. Lattès) est également riche d'informations et d'analyses. Pour ce qui concerne les publications argentines, innombrables, nous nous sommes largement appuyés sur les travaux de José Gobello, Héctor Ángel Benedetti, Horacio Ferrer.

Les traductions, les adaptations

En 1985, la revue *Action Poétique* réalisait une numéro consacré au tango. Trois ans plus tard, Henri Deluy et Saúl Yurkievich publiaient une large anthologie de tango chez P.O.L. L'idée de reprendre cette anthologie, de la corriger, de l'élargir, de la compléter s'est imposée début 2005.

Après la mort de Saúl, avec son épouse Gladis et Laura Acuña Teruggi, nous avons relancé le projet.

L'anthologie présentée aujourd'hui est nouvelle, de nombreux tangos, traduits en collaboration avec Laura Acuña Teruggi, Henri Deluy et Gladis Yurkievich, se sont ajoutés au premier choix, ainsi qu'un appareil critique de notes, et d'autres informations.

J'ai fait la plupart des adaptations à partir de premières traductions faites en atelier. Annick Havraneck, Saúl, Gladis et Damián Yurkievich, ainsi que Laura Acuña Teruggi ont fait ces premières traductions. Jean-Pierre Balpe, Yves Boudier, Jean-Charles Depaule, Charles Dobzynski, Marie Étienne, Gil Jouanard, Christian Tarting ont réalisé quelques adaptations. Les initiales du nom du ou des adaptateurs se trouvent, entre parenthèses, à la fin de chaque tango. Jacqueline Salvat a traduit la présentation de Saúl Yurkievich.

H. D.

Nous avons fait un usage modéré des termes d'argot ; dans les conditions d'une traduction aujourd'hui, toute insistance aurait abouti à une lourde et trompeuse surenchère.

TANGOS

L'origine et l'histoire de chaque tango se trouvent détaillées en notes, page 239.

LE PLEURNICHARD

(El llorón, 1890)

Moi, en amour, je suis un mollasson
et pour conquérir une femme,
je lui montre de temps en temps
qu'il faut pleurer pour s'amouracher...
Aujourd'hui... me disent les gars :
Qu'est-ce que tu fais, pleurnichard? Ça ne se dit pas...
Mais moi... je m'en fous... celui qui en prend pour sa part,
je le sais bien, c'est le pleurnichard...

Chœur : Pleurnichard...
Solo : Ça m'est égal ce qu'ils disent.
Chœur : Pleurnichard...
Solo : Celui qui pleure, parfois, a la meilleure part.
Chœur : Pleurnichard...
Solo : La circonstance commande et toujours...
toujours c'est moi d'abord...
Chœur : Pleurnichard...
Solo : Tu sais ce que c'est la séduction.
Chœur : Pleurnichard...
Solo : Moi, pour pleurer, je suis un artiste...
Chœur : Pleurnichard...
Solo : Pas une n'y résiste...

Chœur : Pleurnichard…
Solo : Et toujours, toujours moi d'abord…

Je suis… le tombeur du nord,
je suis diplômé joli-cœur,
pour rigoler, je romps et casse,
comme une toupie, je danse…
Je ne m'abaisse devant aucune…
Je sors mon histoire et joue mon va-tout…
Je suis un beau parleur, en amour sucré.
Faites donc place… que je passe !

Enrique Cadícamo/Ambrosio Radrizzani[1]
puis Rodrigo Firpo
(H. D.)

1. Pour tous les tangos, on trouvera, à la fin du texte, le nom du ou des « paroliers », puis celui du musicien, enfin, entre parenthèses, les initiales du nom du ou des adaptateurs.

LA BRUNE

(La morocha, 1905)

Je suis la brune, la plus gracieuse,
de ma région la plus renommée ;
je suis celle qui, tôt à l'aube, au paysan
apporte le premier maté.

Je suis la brune argentine
et je n'ai pas de chagrin,
je vis ma vie gaiement,
avec mes refrains.

Je suis la gentille compagne
du noble gaucho « porteño »,
et je garde ma tendresse
pour mon seul maître.

Je suis la brune aux regards ardents,
et je sens dans mon cœur le feu de l'amour ;
Je suis celle que le créole le plus noble, le plus vaillant,
aime avec ardeur.

Ángel Gregorio Villoldo/Enrique Saborido
(H. D.)

LA PETITE FANFARE

(La cumparsita, 1916)

Si tu savais
dans mon âme
règne encore cet amour
que j'ai eu pour toi,
qui sait, si tu savais
je ne t'ai jamais oubliée,
tu reviendrais sur ton passé,
tu te souviendrais de moi.

Les amis ne viennent plus,
pas même pour me rendre visite ;
personne pour me consoler de mon chagrin ;
depuis le jour de ton départ
j'ai cette douleur dans ma poitrine ;
qu'est-ce que tu as fait, petite,
de mon pauvre cœur.

Dans la chambrette abandonnée
le soleil du matin
ne se penche plus à la fenêtre
comme quand tu étais là
et le petit chien, mon compagnon,
qui ne mangeait plus depuis ton départ,

de me voir seul, l'autre jour,
il m'a laissé, lui aussi.

Pascual Contursi-Enrique Pedro Maroni/
Gerardo Matos Rodríguez

(H. D.)

MA TRISTE NUIT

(Mi noche triste, 1916)

Fille légère
toi qui m'as abandonné
en plein bonheur,
tu m'as laissé l'âme blessée,
une épine au cœur.
Tu savais que je t'aimais,
que tu étais ma joie
et mon rêve ardent…
Je ne peux plus me consoler
à cause de ça je me soûle
pour oublier l'amour.

La nuit quand je me couche,
je ne peux pas fermer la porte,
alors elle reste ouverte
et je me donne l'illusion de ton retour.
J'apporte toujours des biscuits
pour prendre avec le maté
comme quand tu étais là ;
et si tu voyais le pieu
comme il est tout retourné
de ne plus nous voir ensemble.

Quand je rentre dans la chambre
Je la retrouve en désordre,
toute triste, abandonnée,
elle me donne envie de pleurer,
et je passe un long moment
à contempler ta photo
pour pouvoir me consoler.

Il n'y a plus dans la chambre
ces jolis flacons
décorés de petits rubans
tous de la même couleur,
le miroir est terni,
on dirait qu'il a pleuré
le départ de ton amour.

La guitare dans la penderie
reste à sa place ;
personne ne chante avec elle,
ne fait vibrer ses cordes...
La lampe dans la chambre
ressent aussi ton départ,
sa lumière ne veut pas
éclairer ma triste nuit.

Pascual Contursi/Samuel Castriota

(H. D.)

L'AUBE

(La madrugada, 1917)

Tourne la nuit aux aiguilles
de la triste et lourde
horloge du clocher.
Roule la peine d'un tramway
qui solitaire s'habille
de mélancolie bleue...

Un soupçon de brouillard
entoure le café
de fine pénombre...
Pleure la nuit qui agonise.
Où je vais?... Ce que je cherche?...
Je ne sais pas... ne sais pas...

Peut-être Margot qui fut,
triste et lointaine,
la trêve de mon cafard?
Est-ce sa vieille fenêtre?
Est-ce sa voix qui m'appelle?
Est-ce l'ami vaincu
qui, hier même,
m'embrassait en pleurant?

Je ne sais où je vais, cherche sans cesse
Ce que je dois trouver dans ta pénombre...

Je veux traverser l'aube,
cherchant dans la brume
celle que je ne peux oublier...
Vieux éclairs d'ennui ;
la lumière de l'aube vibre
et meurt en moi.

Sortilège où me plongent
la lune d'argent
et le café louche...
Pleure la nuit dans la rosée.
Ce que je suis ?... Ce que je cherche ?...
Je ne sais pas... ne sais pas...

Paroles et musique de Saúl Salinas
(Ch. T.)

LE CORBEAU

(El Chimango, 1918)

Me voilà. Je suis le Corbeau,
Passionné de bastringue,
Et même si ça fait mal je continue,
je fais l'imbécile, et danse le tango
avec encore plus de figures.

Je suis plus sinueux qu'une serpentine
et dans les balletis je suis fier
quand je reluque de ma place les autres
et vois les filles qui m'admirent
et qu'elles perdent la tête
parce que je me montre le meilleur.

Venez les gouapes du sud et du nord
Même bourré vous ne m'aurez pas ;
je suis dans le tango comme un ressort...
Entre vous tous, je trace mes figures
et un de ces jours je vais me tirer.

Florencio Iriarte/Juan Canavesi
(H. D.)

ENTRAÎNEUSE
(Milonguita, 1920)

Te souviens-tu, Entraîneuse ? Tu étais
la plus jolie fille de Chiclana[1],
la jupe courte et les tresses,
et dans les tresses une caresse de soleil,
et pendant ces nuits d'été
à quoi rêvait ton âme, petite femme,
à l'écoute d'un tango, du coin de la rue,
qui te murmurait des paroles d'amour ?

Petite Esther !...
Maintenant on t'appelle l'Entraîneuse...
Fleur de luxe et de plaisir,
fleur de nuit, de cabaret...
Entraîneuse,
les hommes t'ont fait mal,
aujourd'hui tu donnerais ton âme
pour t'habiller de percale !...

Quand tu sors, à l'aube,
Entraîneuse, de ce cabaret,
ton âme tremblante de froid
Tu dis « Aïe !... si je pouvais aimer ! »

1. Quartier de Buenos Aires.

Et entre le vin et le dernier tango,
un richard t'emmène dans la chambre.
Aïe ! comme tu te sens seule, petite Esther !
Et si tu pleures, on dit que c'est le champagne.

Samuel Linning/Enrique Pedro Delfino
(H. D.)

MARGOT

(Margot, 1921)

De loin, on te devine,
toi, pauvrette, qui as réussi
qui est née dans la misère
d'un taudis du faubourg,
quelque chose te trahit,
je ne sais si c'est dans le regard,
la manière de t'asseoir,
de t'habiller, de te tenir,
ou ce corps habitué
aux fringues de percale.

Ce corps qui te donne aujourd'hui
les cadences séductrices
du déhanchement d'un tango
dans les bras d'un type quelconque
pendant que triomphent ta silhouette
et ta robe de couleur,
entre les rires et les compliments
des garçons qui te suivent,
entre la fumée des cigares
et le champagne d'*Armenonville*[1].

1. *Armenonville:* un cabaret.

Purs mensonges. Ce n'est pas un jules
fainéant et despote,
ni un vieux maquereau
qui t'a poussée au vice ;
tu es tombée par ta faute,
et pas innocemment,
caprices de fille ambitieuse
que tu avais en tête
depuis le jour où un richard
à col dur t'a fait la cour.

Je me souviens : tu n'avais
presque rien à te mettre ;
aujourd'hui tu pètes dans la soie
festonnée de roses rococo…
Ta présence me repousse,
je paierais pour ne plus te voir ;
tu as changé jusqu'à ton nom,
comme tu as changé de situation,
tu n'es plus ma Marguerite.
Maintenant, on t'appelle Margot.

Tu sors avec des idiots,
tu te prends pour une rupine,
dans un luxueux cabinet réservé
de chez *Petit*[1] ou au *Julien*,[1]
et ta vieille, pauvre vieille,
fait des lessives toute la semaine
pour pouvoir faire bouillir la marmite
d'une pauvreté franciscaine
dans le triste logement
éclairé au gaz.

Celedonio Esteban Flores/José Ricardo
(H. D.)

1. *Petit*, *Julien* : boîtes de nuit.

GRISETTE

(Griseta, 1924)

Mélange curieux de Musette et de Mimi,
sous les caresses de Rodolphe et de Schaunard,
tu es la fleur de Paris
qu'un rêve de roman
a rabattu vers le faubourg
et dans la folie délirante d'un cabaret,
le roucoulement de quelque tango complice
encourageait l'illusion :
elle rêvait de Des Grieux,
elle voulait être Manon.

Petite Française,
qui apportes l'alerte,
sentimentale, et coquette
poésie du faubourg,
qui dira
que ton poème de grisette
n'est qu'une strophe :
la silencieuse agonie
de Marguerite Gauthier.

Mais la saleté glacée du faubourg
étouffait la pureté de sa foi,
sans rencontrer son Duval,

son cœur s'est desséché,
comme un muguet,
et une nuit de champagne et de coco,
la berceuse funèbre d'un bandonéon
a endormi la pauvre petite,
comme Mimi,
comme Manon.

José González Castillo/Enrique Pedro Delfino
(H. D.)

LA FILLE À LA FORD

(La mina del Ford, 1924)

(parlé)

La fille, dégoûtée à la fin,
de la vie que je lui menais,
prit sa valise un soir
et partit en chantant :

(chanté)

Je veux une maison
avec un balcon,
de grands rideaux
de soie et de crêpe ;
regarder les richards
passer nombreux
peut-être l'un d'eux
me remarquera-t-il...

Je veux une maison
au parquet ciré,
avec des patins
pour marcher,
des fauteuils
au cuir repoussé

et un flemmard
qui sache chanter.
Je veux un lit douillet,
je veux un poêle
pour le réchauffer
et qu'arrive en courant
le domestique,
pressé de me dire :
« La Ford de Madame
est avancée. »

Pascual Contursi-Enrique Pedro Maroni
Antonio Scatasso-Fidel del Negro

(Ch. T.)

LUMIÈRE TAMISÉE

(A media luz, 1924)

Rue Corrientes, trois, quatre et huit,
deuxième étage, ascenseur ;
pas de gardien, ni de voisin ;
dedans, un cocktail et de l'amour,
une carrée, que Mapple[1] a installée,
piano, tapis, veilleuse :
un téléphone qui répond,
un tourne-disque qui pleure,
vieux tangos de mes fredaines,
et un chat de porcelaine
pour qu'il ne miaule pas notre amour.

Tout à la lumière tamisée
devient sortilège d'amour,
les baisers à la lumière tamisée,
nous deux à la lumière tamisée,
tout à la lumière tamisée
devient crépuscule intérieur.
Quelle douceur de velours,
lumière tamisée de l'amour !

1. Mapple : fournisseur de meubles alors renommé.

Allô, Juncal, douze/vingt-quatre,
téléphone sans peur ;
le soir, thé et petits fours,
la nuit, tango et chanson ;
le dimanche, thé dansant,
le lundi désolation :
il y a de tout à la maison,
des divans et des édredons,
comme dans une boutique... mon coco ;
des tapis qui ne font pas de bruit
et une table dressée pour l'amour.

Carlos César Lenzi/Edgardo Donato
(H. D.)

CRIQUET

(Langosta, 1925)

Par une nuit très dure d'hiver
les gens virent passer *Criquet.*
Sanglé dans son habit marron
de la tristesse dans le regard.

Le mégot éteint à la bouche
le vaurien se prit à songer
à Dieu sait quoi de fou au point
que les enfants l'ont vu pleurer.

Les vieilles disaient... sont peines d'amour
qui tôt ou tard sont à connaître,
elles contaient qu'un jour il était de retour
ivre et parlant dans sa douleur :

« Bientôt peut-être qu'elles se tairont
pour cela je me fais confiance
et mon remède est infaillible. »
Il baisa le couteau et chantant il s'en fut.

« Ceux qui en sont venus à m'appeler *Criquet*
racontent que je suis mauvais
qu'ils ne m'ont jamais vu sourire,
que je regarde avec rancœur et rage

mais je ne peux regarder autrement
c'est malheureux, je ne peux cacher ce que je suis
alors je soupire, me tais et m'en vais. »

Une nuit quelque temps après
les gens virent venir *Criquet*
un rapide éclat dans les yeux
le rêve mué en grimace cruelle.

Parvenu au coin où toujours
le vaurien venait à songer
il jeta le couteau dans la rue
puis sortit un portrait et se mit à pleurer.

Juan Andrés Bruno/Juan de Dios Filiberto
(M. E.)

TEMPS ANCIENS

(Tiempos viejos, 1926)

Te souviens-tu, frère, de ces temps-là ?
C'étaient d'autres hommes, les nôtres plus hommes
encore,
on ignorait la coco, la morphine,
les jeunes d'alors ne se servaient pas de gomina.

Te souviens-tu, frère, de ces temps-là !
Ces vingt-cinq printemps, qui ne reviendront pas,
ces vingt-cinq printemps, je l'ai tant attendue,
et quand je m'en souviens je me mets à pleurer.

Où sont passés les jeunes gars d'alors ?
Ancienne bande d'hier où es-tu ?
Moi et toi, seuls nous restons, frère,
Moi et toi, pour nous souvenir...

Te souviens-tu de ces femmes,
filles fidèles au grand cœur,
elles qui se battaient au bal de Laura,
chacune défendant son amour.

Frère, te souviens-tu de Mireya la blonde ?
que chez Hansen j'enlevais à ce gouape de Rivera,
j'ai failli me tuer pour elle cette nuit-là.
Aujourd'hui, c'est une mendiante en guenilles.

Frère, te souviens-tu ? comme elle était belle,
un cercle se formait pour la regarder danser,
quand je la vois si vieille à présent dans la ruelle
je détourne la tête et me mets à pleurer.

Manuel Romero/Francisco Canaro
(Ch. D.)

ON N'Y PEUT RIEN

(Que vachaché, 1926)

Fous le camp d'ici, ne reviens plus, jamais,
tu me serres de bien trop près.
Je ne veux plus me passer de manger,
ni t'entendre ainsi dire tant d'âneries.
Te rends-tu compte que tu es un poseur ?
Le monde, crois-tu que tu vas l'arranger ?
Ici, même Dieu ne sauve pas ce qui s'est perdu,
alors que veux-tu ? Laisse tomber.

Ce qu'il faut, c'est empocher beaucoup de fric,
vendre son âme et jouer son cœur,
jeter le peu de dignité qui te reste,
le fric, beaucoup de fric, toujours le fric...
Il est possible, ainsi, de bouffer chaque jour,
amis, maison, un nom, aie tout ce que tu veux,
le véritable amour s'étouffe dans la soupe ;
la panse est reine et l'argent est Dieu.

Tu ne vois pas, imbécile diplômé,
que le plus riche a raison,
qu'il n'est aucune vérité qui résiste
à deux « mangos [1] », monnaie nationale,

1. Équivalent argotique du « peso ».

tu ne reçois, — faisant le moraliste —
qu'un déguisement... Mais sans carnaval...

Flanque-toi à l'eau... Ne complique pas avec ta conscience,
tu es assommant et tu ne fais pas rire...
Donne-moi la marmite et garde la décence.
Fric... fric et fric... moi je veux vivre,
est-ce ma faute si tu as pris la vie au sérieux?
Tu passes pour un idiot, tu manges de l'air, ici pour toi pas de matelas.
On n'y peut rien; plus de critère et de valeur,
et Jésus ne vaut guère plus qu'un voleur.

Paroles et musique d'Enrique Santos Discépolo
(Ch. D.)

LE CHIFFONNIER

(El ciruja, 1926)

Comme en rage, et reluquant
de travers, du coin de l'œil,
il dirige ses pas
droit vers le faubourg.
Un pressentiment le pousse :
dans ce petit pâturage
la piaule aura disparu
qui fut son seul idéal.

Il se rappelle quand il faisait la noce,
quand il se passait de boulonner,
quand il les arnaquait tous aux dés,
quand il gagnait aux courses.
Quand il n'était pas trop suivi par les flics,
il fauchait même, sans être arrêté.
Mais une fille ramassait tout le pognon
Et elle jouait de sa passion.

C'était une fille qui pavoisait,
qui faisait l'allumeuse,
fille d'une guérisseuse,
voleuse de profession,
mais un barbeau viveur
l'avait embobinée,

elle lui passait le friç
qu'elle tirait d'un tueur.

Dans les bas-fonds, avec courage,
Les deux gouapes face à face ont piaffé.
Le chiffonnier qui jouait bien de la lame
a fait payer cher au barbeau son amour.
Aujourd'hui, libéré du cachot et de la fille,
il regarde un morceau de soleil sur le trottoir,
se souvient par moments de l'amour de son allumeuse
et sanglote de douleur.

Francisco Alfredo Marino/
Ernesto Natividad de la Cruz

(H. D.)

PETIT SENTIER

(Caminito, 1926)

Petit sentier que le temps a effacé,
qui nous a vus, un jour, passer ensemble,
je suis venu pour la dernière fois,
je suis venu te raconter mon malheur.

Petit sentier qui étais alors bordé
de trèfles et de joncs en fleurs,
tu ne seras bientôt plus qu'une ombre,
comme moi tu seras une ombre.

Depuis qu'elle est partie, moi je suis triste,
petit sentier ami, je vais partir moi aussi ;
depuis qu'elle est partie, elle n'est jamais revenue ;
je vais suivre ses pas, petit sentier, adieu.

Petit sentier que je suivais heureux
tous les après-midi, en chantant mon amour,
ne lui dis pas que mes pleurs ont arrosé
ton sol, si elle repasse par là.

Petit sentier couvert de chardons,
la main du temps efface ton empreinte ;
moi, à ton côté, je voudrais tomber
et que le temps nous tue, tous les deux.

Gabino Coria Peñaloza/Juan de Dios Filiberto
(H. D.)

ADIEU, LES COPAINS

(Adiós, muchachos, 1927)

Adieu, les copains,
compagnons de ma vie,
et la bande chérie
de cette époque ;
aujourd'hui c'est à moi
de savoir prendre congé,
je dois me séparer
des vieux copains.
Adieu, les copains,
je pars, je me résigne.
Contre le destin
personne ne peut rien,
c'est fini
pour moi les foires
mon corps malade n'en peut plus.

Me viennent à l'esprit
des souvenirs d'autres temps,
des bons moments
dont j'ai profité jadis
tout près de ma mère,
sainte petite vieille,
et de ma petite fiancée
que j'ai tant idolâtrée.

Vous vous rappelez comme elle était belle,
plus belle qu'une déesse,
et que fou d'amour
je lui donnai mon cœur?
Mais le Seigneur, jaloux
de ses charmes,
m'a plongé dans les larmes
et l'a emportée.

Dieu est le juge suprême
personne ne peut lui résister;
je suis habitué
à respecter sa loi,
car ma vie s'est défaite
sous ses commandements,
en emportant ma mère
et ma fiancée.
Deux larmes sincères
versées sur mon départ
pour la bande chérie
qui ne m'a jamais oublié
en donnant à mes amis
mes derniers adieux
je leur donne de tout mon cœur
ma bénédiction.

César Felipe Vedani/Julio César Alberto Sanders
(H. D.)

LA DERNIÈRE CUITE

(La última curda, 1927)

Bandonéon, mon cœur blessé
ne supporte plus ta rauque malédiction ;
ta larme de rhum
m'enfonce
au plus profond du trou
d'où monte la boue.
Je sais, ne me dis rien,
tu as raison,
la vie est une blessure absurde
et tout, tout est tellement rapide
et ce n'est qu'une cuite, rien de plus,
ma confession.

Raconte-moi tes peines,
parle-moi de tes échecs,
tu ne vois pas la douleur qui m'a blessé,
parle-moi, simplement,
de cet amour absent
derrière un reste d'oubli.
Je sais que tu me blesses
que je te fais mal,
tu as pleuré mon serment d'ivrogne
mais c'est le vieil amour
qui tremble, bandonéon.

Il cherche dans l'alcool qui abrutit
la cuite qui tout au bout
termine le spectacle
et recouvre le cœur d'un rideau.
Un peu de souvenir, et sans plaisir
ton grognement maladroit s'égrène ;
ta liqueur étourdit
et accélère
la violence du cœur
à la culbute de la dernière cuite.
Ferme la fenêtre
le soleil brûle
son lent escargot de rêve.
Tu ne vois pas que je viens d'un pays
d'oubli où tout est toujours gris
après l'alcool.

Cátulo Castillo/Aníbal Troilo

(H. D.)

TON HEURE EST PASSÉE

(Se pasó tu cuarto de hora)

I

Je t'ai connue il y a un an
sur une piste de danse ;
tu étais brune, rondelette,
je ne sais plus exactement,
mais je sais qu'avec le fric
que j'ai gagné en travaillant
je t'ai rendue blonde et mince,
je t'ai changée en bonbon.

Il faut voir les cabrioles
que j'ai faites pour te plaire,
il faut voir le ridicule
dont je me suis couvert pour toi ;
j'ai été fakir, clown, singe,
et pour connaître tes secrets
j'ai renié le monde entier,
me suis laissé oublier de tous.

(refrain)

Je regarde ma montre
et souffre du retard

en gardant l'espoir
de ton retour ;
mais le terme est arrivé
et je crie maintenant :
ton heure est passée,
adieu, porte-toi bien !

II

Depuis hier je suis un autre,
je vis plus confiant
car je sais que ton départ
a fait mon bien.
Mon visage ne trahit plus
amertume ou terreur :
je vis maintenant satisfait,
heureux et jeune.

Je me lève quand je veux,
quand je veux je me couche,
je ne rends plus de comptes,
je suis mon propre maître ;
jalousie et doute
ces deux fantasmes noirs
qui enserraient mon cœur
ne me torturent plus.

Carlos A. Petit/Rodolfo Sciammarella
(Ch. T.)

TOI, LA BELLE, ÉCOUTE

(Che, papusa, oí, 1927)

Poupée, poupette, qui zézaille en parlant
et qui prononce avec tant de grâce *miché*
avec tes simagrées de tambourin,
tu es la danseuse la plus *chiqué*.

Sapée comme une rupine, tu gambilles en dansant
et par un rare snobisme tu prends des poses...
Dans ta grosse bagnole, du sud au nord,
tu te balades comme une dame à gros *cachet*.

Toi, la belle, écoute,
les accents mélodieux
que module le bandonéon.
Toi, la belle, écoute
les battements d'angoisse
de mon pauvre cœur.

Toi, la belle, écoute,
comme surgissent de ce tango
les histoires de ton passé.

Si le courant te traîne aujourd'hui
dans un luxe ambiant,
je voudrais te voir demain !

Jolie danseuse, belle petite,
avec tes yeux pétillants de peppermint,
avec ton parler francisé, tes airs canailles
et ta bouche pécheresse au ton carmin.
Tes bijoux trompent dans les bals
par leurs somptueux scintillements
et quand tu danses ces tangos à la va-vite
tu rends niais le malin et idiot, le rusé.

Domingo Enrique Cadícamo/
Gerardo Hernán Latos Rodríguez

(H. D.)

RÔDE, RÔDE

(Yira, yira, 1927-1930)

Quand la chance, cette coureuse,
abat ses atouts et te laisse tomber...
Quand tu es fauché,
désespéré, sans but...
quand tu n'as plus ni foi,
ni maté de la veille,
séchant au soleil...
Quand tu uses tes godasses
à chercher ce fric
qu'il te faut pour bouffer...
Tu ressens
l'indifférence du monde,
sourd et muet.

Tu verras que tout est mensonge,
tu verras que rien n'est amour,
que le monde s'en fout,
Rôde, rôde...

Bien que la vie te brise,
bien que te morde une douleur,
n'attend jamais de l'aide,
ni une main... ni une faveur.

Quand les piles sont déchargées
de toutes les sonnettes
que tu tires...
à la recherche d'un cœur fraternel
pour mourir... embrassé...

Quand on te laisse tomber,
après avoir fait ceinture
comme ça m'est arrivé.
Quand tu piges qu'à côté de toi,
on essaye les fringues
que tu vas quitter,
tu te souviendras de cet idiot
qui, un jour, fatigué,
s'est mis à aboyer.

Paroles et musique
de Enrique Santos Discépolo
(H. D.)

JE TE CONSEILLE DE M'OUBLIER

(Te aconsejo que me olvides, 1928)

J'ai reçu ta dernière lettre dans laquelle tu me dis :
« Je te conseille de m'oublier, tout est mort entre nous
je te demande seulement ma photo et toutes mes lettres.
Tu le sais, il n'est pas juste que tu gardes ça aussi. »

« Tu reconnais aujourd'hui ta faute, tu as peur que je parle,
que je raconte à ton mari notre intime amitié.
Je suis fier. Je ne te vends pas. Je suis incapable d'une intrigue.
Je sais que si je parle je brise ton bonheur.

Mais tu ne peux pas nier
que quand tu t'es donnée à moi,
tu as dis que tu m'aimais,
que tu ne m'oublierais pas
et que, aveuglée par la tendresse,
tu m'embrassais sur la bouche,
comme si tu devenais folle,
assoiffée, ma petite, d'amour. »

Je ne vois pas de gêne à tout te renvoyer.
Pourtant, et malgré toi je garde quelque chose :

le vide que tu as laissé et l'ardeur de tes baisers,
tu le sais bien, je ne pourrai jamais te les rendre.

Je le fais pour ton bien, pour éviter les problèmes.
Je sacrifie mon amour à ton nom et à ton honneur.
Je me contente de mon sort, le destin l'a voulu ainsi ;
mais, ne l'oublie pas, mon amour, je ne le fais que par amour.

Jorge Curi/Pedro Maffia

(H. D.)

LE NOCEUR

(Garufa, 1928)

Du quartier « La Mortadelle », tu es le plus malin
et on t'appelle le noceur pour tes largesses ;
tu as plus de prétentions qu'une danseuse
qui aurait fait un succès avec son gotan.

Durant la semaine tu travailles dur
Et le samedi jusqu'à la nuit tu deviens docteur.
Tu mets tes guêtres et ton col dur
et tu viens au Centre jouer les séducteurs.

Noceur,
putain, ce que tu peux être marrant !
Noceur,
tu es déjà un cas perdu.

Ta vieille
dit que tu es un bandit,
car elle a su qu'on t'a vu,
l'autre nuit, au Parc Japonais[1].
Tu arrives au bal dès l'ouverture,
tu danses avec toutes les filles ;
tu es capable de danser *la Marseillaise*,

1. *Luna-park*, foire.

La Marche de Garibaldi ou *Le Trouvère*.
D'un café au lait et d'un croissant,
tu finis ta nuit de bacchanale
et, de retour chez toi, au petit matin,
tu te dis : « Je suis un malin phénoménal. »

Roberto Fontaina-Víctor Soliño/
Juan Antonio Collazo

(H. D.)

LA CORDE ARRIVE

(Se viene la maroma, 1928)

Apprenti richard
va donc réduire tes dépenses ;
les riches aujourd'hui
sont à quai.
L'argent de la banque,
et l'auto, et la demeure
s'échapperont bientôt
par une trappe.

On dirait que ça y est,
et que déjà monte
vers ici
la colère communiste.
Il faudra travailler
pour bouffer.
Et nous, on va rigoler.
Espèce de fainéant ;
gigolo sans profession,
bientôt on te verra
mal rasé, sans matelas.

Ça y est, c'est là,
il n'y a plus qu'à le dire :
la pagaille soviétique arrive.

Les déshérités en ont assez
de bouffer du salami et du pain,
aujourd'hui, ils veulent bouffer des huîtres
avec du sauterne et du champagne.

Ici, même Dieu
ne s'en sortira pas,
le jour du partage à la romaine,
et tu devras
amener ta sœur
pour la communauté.

Mario Batistella-Manuel Romero/Enrique Delfino

(H. D.)

EAU FLEURIE[1]

(Agua florida, 1928)

« Eau fleurie », tu étais créole.
Elles t'utilisaient les pauvres gosses du faubourg
aux coiffures lisses, comme l'eau de la lagune,
quand on dansait le tango dans la joie
avec le coup de talon et le mouvement des hanches.
Parfum d'un temps canaille qui a disparu
— car tout dans la vie doit être comme ça —,
quand les filles mentaient d'un *non*
pendant que les jupes dessinaient un *oui*.

Filles
simples et caressantes,
qui dansaient une *milonga*
au son des accordéons.
Filles qui sentaient l'« Eau fleurie »
se lançaient dans la vie
à coups de cœur.

« Eau fleurie », tu étais créole.
Du temps où la guitare jouait en premier
et les autres accompagnaient dans les graves,

1. « Eau fleurie » : type d'eau parfumée, importé des États-Unis, largement utilisée par les gens de condition modeste.

et une poignée de voyous à chaque coin de rue
et la vie était belle et charmante.
Tu étais du temps de la galure sur l'œil,
de la fille gracieuse enfermée dans sa chambre,
du nœud dans les cheveux, de la percale fleurie
et de l'académie et de la guinguette.

Fernán Silva Valdés/Ramón Collazo
(H. D.)

PACKARD

(1928)

C'était une fille bien, c'était une belle bagnole,
c'était une Packard de location, c'était un bijou;
une voiture qui a toujours travaillé de nuit
et qui portait toujours son drapeau baissé.

Mais un jour la drogue l'a prise
et au lieu d'essence elle a mis de la morphine,
tuyau coincé, pour le bruit,
elle se piquait à chaque coin de rue.

Hier je l'ai vue passer. Elle allait, droguée
et je me suis senti, moi, un ivrogne, un Saint-François,
à voir que de son allure si élégante
ne reste, comme les débris d'un accident,
que les quatre ferrailles du châssis.

Carlos de la Púa/Edmundo Rivero
(H. D.)

SUIS MON CONSEIL

(Seguí mi consejo, 1928)

Quitte le boulot, ne travaille pas pour les profiteurs,
fais le mort et vis ta vie comme la vit un richard,
surveille le *surmenage*, arrête de faire des conneries,
dors ta vie sur un matelas de plumes et mange-la avec
du champagne.

Dors douze heures quand le soleil est présent,
Vis de nuit toujours parce que les gens bien le font,
regarde de près les filles qui sont déjà en main
tu les as à l'œil et elles ne te coûtent rien.

Si tu vas au bal, reste près de la porte,
repère les filles qui savent danser,
ne prends pas une balourde qui va piétiner…
Qu'elles souffrent et apprennent à force d'attendre !

Apprends que moi je suis déjà à la retraite,
ne va pas au port… tu pourrais être tenté !…
Il y a beaucoup de boulot, tu te casses les reins,
et ce n'est pas pour l'homme à l'aise d'aller travailler.

Ne va pas au bistrot pour profiter d'un café au lait,
Va manger ton pot-au-feu au vieux *Tropezón* [1]

1. Bistrot populaire.

et si tu n'as pas un rond, lance *sur mon compte*, au garçon,
c'est une très belle formule pour éviter le ridicule.

Boissons fraîches, citrons, orgeats, n'en bois pas même pour rire...
Fuis le lait, frère, qui ruine le cœur!...
Avale du bon ratafia, sois ami du whisky
et, avant de bouffer, arrose-toi de quelques pernods.

Eduardo Trongé/Salvador Merico
(H. D.)

POUPÉE FIÈRE
(Muñeca brava, 1928)

Toi, la Madame qui parles en français
et qui jettes l'argent par les fenêtres,
toi qui dînes au *champagne bien frappé*
et dont le tango a piégé les illusions...
Mannequin aux sourcils à la courbe impeccable,
poupée fière! Valeur bien cotée!
Tu es du *Trianon*, du *Trianon* de Villa Crespo[1],
Toi, si fascinante... Un jouet d'occasion.

Tu as un richard pour te faire plaisir
et vingt avrils bien portés.
Ton porte-monnaie est bien rempli,
de quoi gaspiller au Nord et au Sud.
Et ils t'appellent tous la *poupée fière*
Parce que tu leur tournes la tête à tous.
Pour moi tu es toujours celle qui n'a su
garder un peu d'amour de jeunesse.

Comprendras-tu que la vie s'en va,
porte ta silhouette telle qu'elle est.
Lorsque les larmes viendront te surprendre
Oublie, poupée, et ris...

1. Quartier populaire.

De moi... qui toujours rêvais de ta tendresse
et là-bas dans le faubourg t'ai aimée dès l'enfance...
Mais pourquoi te le dire, c'est de l'histoire ancienne
Si déjà tu n'as plus, ô poupée, le même cœur.

Domingo Enrique Cadícamo/Nicolas Luis Visca
(J. Ch. D.)

BRUMES

(Brumas, environ 1928)

La ronde des rêves a couché le passé
dans le déclin brumeux des ans...
Ma jeunesse est restée
enlacée à l'hier.
Dans le brouillard laissé par la vie...
Derrière le rideau gris, épais et cruel,
mon souvenir n'a rien perdu...
vives émotions... champagne, amour...
Telle fut ma jeunesse...

Brumes dans mon cœur...
Brumes dans ma souffrance...
Je suis trop seul et vieux sans personne à qui dire :
« Trinquons, ma belle, à nous deux »...
Brumes dans mon cœur.
Aventures fanées.
Qui sait aujourd'hui où vivent
Celles que j'ai aimées.

Lourdes fatigues de vieilles aventures,
de galantes fortunes...
Portraits à peine
de celles que j'ai aimées,
folles offrandes de femmes...

Tant de souvenirs dansent dans ma tête…
Tant de promesses non tenues…
Aujourd'hui, l'obscurité, le froid, la douleur…
Telle est ma vieillesse…

Enrique Cadícamo/Juan D'Arienzo
(Ch. T.)

LA CANAILLE

(Malevaje, 1928)

Mon Dieu, qu'est-ce que tu m'as fait,
j'ai vraiment changé,
je ne sais plus qui je suis.
La canaille surprise
m'observe, sans comprendre
que je perds ma réputation
de brave, hier encore
brillant dans l'action.
Vois, je suis lié
et vaincu, un jouet
de ton cœur.

Je t'ai vue passer, hautaine,
tanguant d'un rythme si lourd et sensuel,
qu'à peine entrevue j'ai perdu
l'espoir, le courage, le désir de frimer.

Tu ne m'as pas même laissé le mégot sur l'oreille
après ce passé canaille.
Il ne me reste plus maintenant
qu'à aller à la messe, me mettre à genoux, et prier.

Hier, par peur de tuer,
j'ai couru

au lieu de me battre ;
je me suis vu à l'ombre, ou mort,
j'ai pensé ne plus te voir, et j'ai tremblé.
Moi qui n'ai jamais flanché,
je pleure dans la nuit,
d'angoisse.

Mon Dieu, qu'est-ce que tu m'as fait,
j'ai vraiment, vraiment changé,
je ne sais plus qui je suis.

Enrique Santos Discépolo/Juan de Dios Filiberto
(Ch. T.)

VOLEUSE

(Chorra, 1928)

Parce que j'ai été bon tu m'as démoli
tu m'as laissé dans la dèche,
tu m'as volé jusqu'aux couleurs.
En six mois
tu m'as croqué le fonds,
la baraque à la foire,
les crocs et le comptoir.

Voleuse !
Tu m'as même volé l'amour...
Et maintenant
j'ai tellement peur des filles
que si l'une m'approche dans la rue
je me réfugie chez les flics.
Et ce qui me met en rogne
c'est d'avoir été l'imbécile.

Il y a un mois si j'avais su
ce que j'ai su hier
ce n'est pas moi que tes façons de femme
auraient trompé.

J'apprends aujourd'hui que ta mère,
noble veuve d'un militaire,

est la voleuse la plus célèbre
qui ait arpenté le *33* [1].
Et je viens de savoir que le militaire
qui est mort au champ d'honneur
n'est pas mort et n'a jamais été militaire
comme tu as voulu me le faire avaler ;
il est en taule, avec un casier,
pour bagarre et attaque,
voyou et escroc,
professeur d'arnaque.

Entre tous,
ils m'ont tondu comme un œuf,
ta silhouette a joué l'hameçon
sur lequel je me suis enferré.
Vous vous êtes empiffrés,
toi, la veuve et le militaire
ce que m'ont coûté dix années
de patience et de boulot.

Voleurs !
Toi, ta vieille et ton papa.
Attention !
Gare à vous : elle est en liberté ;
ceux qui se laissent tourner la tête
n'ont pas le temps de se tirer.
Et ce qui me met en rogne
C'est d'avoir été si bête.

Paroles et musique de Enrique Santos Discépolo
(H. D.)

1. Célèbre commissariat.

CETTE NUIT, JE ME SAOULE

(Esta noche me emborracho, 1928)

Seule, fanée, déglinguée,
je l'ai vue, ce matin-là,
sortir d'un cabaret ;
efflanquée, long cou creusé,
et deux barres saillantes
sous la pomme d'Adam.

Tordue, habillée en fillette,
teinte et coquette
de sa nudité...
elle ressemblait à un coq déplumé
qui montre en crânant
sa peau becquetée ;
je sais quand je n'en peux plus, et j'ai fui,
à la voir ainsi, pour ne pas pleurer.

Et penser qu'il y a dix ans,
elle a été ma folie, que je suis allé
jusqu'à la trahison pour sa beauté ;
ce qui est aujourd'hui ce rebut
a été la douce possession
où j'ai perdu l'honneur.

Toqué par sa beauté,
j'ai retiré le pain à ma vieille,
je suis devenu un minable et un tapeur...
je suis resté sans ami,
j'ai vécu de mauvaise foi,
je me suis retrouvé à genoux,
sans morale, comme un mendiant,
quand elle est partie.

Je ne croyais pas la voir jamais
dans un « requiescat in pace »
aussi cruel que celui d'aujourd'hui.
Il y a de quoi se suicider, non,
d'être devenu ce que je suis
pour cette épave.

Dure vengeance, celle du temps
qui nous fait voir détruit
ce qu'on a aimé.
Cette rencontre m'a fait si mal
que si j'y pense encore
je finirai par m'empoisonner.
Cette nuit je vais me soûler fort,
biberonner fort, je biberonnerai, pour ne pas y penser.

Paroles et musique d'Enrique Santos Discépolo
(H. D.)

OISEAU NOIR

(Ave negra, 1929)

Les poules chantent à peine, tu plaques le pieu ;
tu te fagotes dans les funèbres vêtements que tu as
et, enfilant tes godasses, tout droit vers la ville,
et tu penses en toi-même : « Quelle poupée tu as ! »
Tu encaisses l'huissier, la question de l'expulsion,
comme j'encaisse moi l'histoire des courses de Copiapó
et tu as plus avalé de ragoût de dossiers et de papiers
que moi j'ai bouffé de pâtés et de gâteaux.

Oiseau noir !
Quelle allure pour un enterrement !
Pisse copie !
Quelle tête pour des funérailles !
Si, par hasard,
tu te retrouves
au dépôt
alors, plaideur,
jusqu'au prochain carnaval !

Et tu guettes les tribunaux et audiences judiciaires
comme les juifs surveillent les ventes aux enchères.
Tu connais de la misère les secrets les plus cachés
Et tu connais le secret pour faire des bulles de savon.

Tu as avalé des papiers, des dossiers, des cartons
Jusqu'à connaître même l'histoire du procès du Jourdain.
À ce jour tu trouves n'importe où facile la bonne façon
d'escroquer la cuisinière pour la foutre dehors sans la payer.

Dante A. Lineyra/O. Cruz Montenegro
(H. D.)

LA PATRONNE DE SANTA LUCÍA

(La pulpera de Santa Lucía, 1929)

Elle était blonde et ses yeux bleus
reflétaient la gloire du jour,
elle chantait comme une alouette
la patronne de Santa Lucía.

Elle était une fleur de la vieille paroisse.
Quel était le gaucho qui ne l'aimait pas ?
Les soldats de quatre garnisons
soupiraient dans le bistrot.

Pour elle a chanté le troubadour partisan [1]
dans un doux gémissement de guitares.
Devant la grille qui sentait le jasmin
dans la cour qui sentait l'Arabie.

« Je t'aime de toute mon âme, patronne
et un jour tu devras être à moi,
pendant que les guitares du quartier
empliront les nuits de Santa Lucía. »

1. Le troubadour partisan de Rosas : le poème met face à face les partisans de Rosas et ceux de Lavalle.

Un troubadour de Lavalle[1] l'a enlevée
à la fin des années quarante ;
et ses yeux bleus n'illuminent plus
la paroisse de Santa Lucía.

Les troupes de Rosas ne sont pas revenues
pour lui chanter romances et complaintes ;
devant la grille du bistrot
les jasmins pleurent de jalousie.

Et le troubadour partisan est revenu
chanter dans la cour vide
la sérénade douloureuse la dernière
qu'emportait le vent de la rivière.

« Où es-tu avec tes yeux bleus
Oh patronne qui n'as jamais été mienne ?
Comme pleurent pour toi les guitares,
les guitares de Santa Lucía ! »

Héctor Pedro Blomberg/Enrique Maciel
(H. D)

1. Lavalle : officier argentin ennemi de Rosas (général-dictateur, 1793-1877), qui le fit exécuter.

MESSE DE ONZE HEURES

(Misa de once, 1929)

Alors tu avais dix-huit printemps,
moi, vingt et le don précieux de chanter...
Dans un collège sévère tu vivais prisonnière
et seuls les dimanches tu sortais te promener.
Au bras de ta grand-mère tu arrivais à la messe,
hautaine et rayonnante de grâce juvénile,
et moi, je te saluais de mon meilleur sourire
et tu répondais d'un signe gentil...

Voix de bronze
annonçant la messe de onze heures...
Combien de gracieuses promesses
ont chanté les cloches graves
lors des matins fleuris
de mes illusions dorées!
Et je suis parti de par le monde
avec la soif de gloire et de baisers
et je ne ramène, au retour,
que fatigue au cœur...

Je ne sais si c'était péché de te dire ma tendresse,
devant l'image divine de Jésus.
C'est vrai le monde était un chemin de bonheur
et sur ce chemin ton amour était lumière...

Aujourd'hui une autre bouche te dira la parole
 chaleureuse,
calme, émue que l'amour réclame et promet
pendant que mon âme malade sans espoir
sanglote à la fenêtre et rappelle mes rêves.

Messe de onze heures,
je ne suis plus celui que j'ai été,
Combien de gracieuses promesses
ont chanté les cloches graves
de mes illusions dorées !

Armando José María Tagini/Juan José Guichandut
(H. D.)

GIUSEPPE LE CORDONNIER

(Giuseppe el zapatero, 1930)

Et *tique, taque, tuque,*
toute la journée passe,
Giuseppe le cordonnier,
joyeux savetier,
mâchant son toscan
fait des économies,
car il veut que son fils
fasse médecine.
L'homme dans sa joie
ne craint pas son dévouement,
ainsi passe la vie,
content, bienveillant.
Ah, si elle était là ! Fils !
ta bonne petite mère...
Le souvenir l'attriste,
une grosse larme coule.

Chantonnant la violette,
Don Giuseppe est content,
il a abandonné le tranchet,
son fils a été reçu ;
avec l'argent amassé
il a mis la plaque sur la porte ;
la salle d'attente prête,
le cabinet avec tout le confort.

Et *tique, taque, tuque,*
Don Giuseppe travaille ;
il y a une semaine
le fils s'est marié ;
la fiancée a des terres,
on dit qu'elle est très riche,
le fils a besoin de s'établir.
Et *tique, taque, tuque,*
Don Giuseppe est revenu,
une fois de plus, tout le jour,
travailler sans arrêt,
et disent les paysans,
ses voisins, au pays :
Giuseppe a de la peine
et il veut la cacher.

Paroles et musique de Guillermo del Cianco

(H. D.)

CHÈVREFEUILLE

(Madreselva, 1930)

Vieux murs du faubourg,
ton ombre a été ma compagne ;
de mon enfance sans splendeur,
ton chèvrefeuille a été l'ami.

Quand mon premier amour tremblant
a embrassé mon âme de son espoir,
moi, ainsi, près de toi, pur et heureux,
j'ai chanté mes premiers aveux.

Chèvrefeuilles en fleur qui m'ont vu naître,
vous avez surpris mon amour dans le vieux mur
dont les humbles caresses sont comme la tendresse,
première et chérie que je lui porte.

Chèvrefeuilles en fleur qui grimpent toujours,
vos bras sont tenaces et doux comme ceux de l'autre ;
et puisque chaque année vos fleurs renaissent...
faites que mon premier amour ne meure pas...

Les années ont passé et je viens
raconter mes déceptions, mon vieux mur...

J'ai appris ainsi qu'il faut feindre
pour vivre décemment ;
que l'amour et la foi sont des mensonges
et que les gens rient de la douleur.

Aujourd'hui que la vie m'a puni,
qu'elle m'a enseigné son amer credo,
vieux mur, je m'approche de toi
et je te dis, avec émotion, comme hier...

Chèvrefeuilles en fleur qui m'ont vu naître,
vous avez surpris mon amour dans le vieux mur
dont les humbles caresses sont comme la tendresse,
première et chérie que je lui porte.

Chèvrefeuilles en fleur qui grimpent toujours,
vos bras sont tenaces et doux comme ceux de l'autre ;
et puisque chaque année vos fleurs renaissent...
Pourquoi mon premier amour ne revient-il pas ?

Luis César Amadori/Francisco Canaro
(H. D.)

À L'ANCRE À PARIS

(Anclao en París, 1931)

Délaissé par la vie comme un bohème qui erre,
me voici, Buenos Aires, à l'ancre à Paris.
Tané par les malheurs, bardé de contraintes,
je t'évoque depuis ce pays lointain.

Je regarde la neige qui tombe mollement,
depuis ma fenêtre qui donne sur le boulevard ;
les lumières rougissent dans les tons mourants,
semblables aux pupilles d'étranges regards.

Lointaine Buenos Aires, comme tu dois être belle ;
il y a presque dix ans que tu m'as vu prendre le large ;
aujourd'hui, à Montmartre, dans ce *faubourg*[1]
  sentimental,
je sens le souvenir qui pointe en moi son poignard.

Comme elle a dû changer, la rue Corrientes,
et Suipacha, et Esmeralda, et même ta banlieue !
Quelqu'un m'a dit que tu étais florissante
et qu'un tracé de rues s'organise en diagonale.

1. En français dans le texte.

Si tu savais l'envie que j'ai de te voir!
Ici je traînasse, sans argent, sans espoir;
une nuit peut-être la Mort me mettra au cachot.
Et tchao... Buenos Aires, je ne te reverrai plus.

Domingo Enrique Cadícamo/
Guillermo Desiderio Barbieri

(H. D.)

IDIOT QUI VAS AVEC TA PEINE

(Otario que andás penando, 1931)

Kakarai, kakai, kaka,
Karakakai, kakai, kaka...
Idiot qui vas avec ta peine
sans raison profonde,
qui t'a dit que dans la vie
tout est mensonge, tout est douleur?
Toujours après la nuit, toujours
pointe le soleil...
Et il faut rire de la vie
comme moi...
Kakarai, kakai, kaka,
Karakakai, kakai, kaka...

Quelle importance si la fille
de la piaule t'a quitté,
et si l'ami t'a trahi,
et si le jeu t'a laissé sans le sou?
Puisque le destin qui est créole
justicier et vengeur, déjà
sur le sol va renverser
l'ingrate et le traître...

Sonne, sonne la guitare,
et que s'étire le bandonéon

que la musique soit oubli
et l'oubli, l'illusion
qui nous donnera la joie
et nous consolera dans la douleur,

pour que tous nous riions
comme moi je ris...
Kakarai, kakai, kaka,
Karakakai, kakai, kaka...

Alberto Vacarezza/Enrique Delfino
(H. D.)

JE BOIS, BUVEZ AUSSI

(Tomo y obligo, 1931)

Je bois, buvez aussi, avalez une gorgée,
je veux aujourd'hui tuer le souvenir,
sans un ami, loin du pays,
je veux dans votre poitrine épancher ma peine.

Buvez avec moi, et si ma voix,
en chantant, parfois s'étouffe,
ce n'est pas que je la pleure, parce qu'elle me trompe,
je sais bien qu'un homme ne pleure pas.

Si les herbes pouvaient parler, la pampa vous dirait
combien je l'aimais, avec quelle fièvre, je l'adorais.
Combien de fois à genoux, tremblotant, je suis allé
sous l'arbre sans feuilles où je l'ai un jour embrassée.

Et la voir aujourd'hui déshonorée, livrée à d'autres bras,
ça a été pour moi un coup de poignard, la jalousie m'a aveuglé...
Et, je le jure, je n'arrive toujours pas à me convaincre
que j'ai pu me retenir, que j'ai pu, là, ne pas la tuer.

Je bois, buvez aussi,
avalez une gorgée,

il vaut mieux ne pas parler des femmes,
toutes, ami, payent très mal,
mon expérience aujourd'hui peut l'affirmer.

Suivez ce conseil, ne tombez pas amoureux
et si, une fois, cela vous arrive,
courage, que diable, souffrez sans pleurer
car un homme viril ne doit pas pleurer.

Manuel Romero/Carlos Gardel
(H. D.)

QU'EST-CE QUI SE PASSE, SEIGNEUR

(Qué sapa, Señor, 1931)

La terre est maudite
et l'amour, avec la grippe, au lit ;
la foule en guerre crie,
bouscule, tue, brise et brame.
L'homme est écœuré
par la fumée de l'incendie
et maintenant, confus,
il ne sait plus où il va.
Il renverse ce qu'il voit
par goût de renverser,
sans conviction ni foi.

Qu'est-ce qui se passe, Seigneur, tout est démence ?
Les enfants maintenant naissent par correspondance
et sortent de l'enveloppe en sachant moissonner.
Les rois, tremblant, feuillettent les cartes
et cherchent un coursier pour fuir.
Au milieu du chaos qui horrifie et épouvante
la paix roule à plat et l'argent baisse.

Tout, aujourd'hui, Dieu, se plaint,
c'est que l'homme marche sans refuge...
La vieille maison a été détruite
avant de construire la nouvelle.

Il pensait qu'il était question
de se remettre debout, et rien d'autre,
de rompre le consacré,
de tuer ce qu'il adorait...
Il n'a pas vu que son esprit
n'était pas préparé
et il s'est embrouillé tout seul en sautant.

Savez-vous, Seigneur, qu'il n'y a plus de Bourbon ?
Les filles sont devenues pires que les mâles,
elles distraient l'homme qui s'embrouille
et rate de peu la cible
et au lieu de l'aider, elles le laissent tomber,
et personne ne sait s'il faut aller à l'école
ou s'il faut la fermer pour se perfectionner.

Paroles et musique Enrique Santos Discépolo
(H. D.)

SOUVENIR DE VOYOU

(Recuerdo malevo, 1932)

À moi, elle, fille fleur du faubourg,
cuivre d'or plus jaune qu'un jour solaire,
ses tresses noires — un regard implorant,
amour feu à ses lèvres palpitantes.
À sa conquête, j'ai livré mon être,
sans elle la vie... la vivre, non !
Et face aux autres, le temps d'une rixe
je pensai la beauté de mourir pour elle, oui !

Temps passé,
caravane
fugitive
où es-tu ?
Temps fleuri qui m'échappe
aux parcours de l'oubli...
Errance des visions que je pleure.
Temps chéri qui t'éloignes.
Temps passé
caravane
fugitive
où es-tu ?

Cinq années ont passé, du premier rendez-vous.
Destin moqueur qui m'obligea au retour :

morts les yeux de la petite, elle, petite,
qui me dirent un jour de leur rire l'amour.
L'un à l'autre étrangers malgré nous, alors,
sa bouche éteinte et mes soupirs :
cendres présentes de l'amertume...
Ami, entends, efface tout souvenir, efface.

Alfredo Le Pera/Carlos Gardel
(Y. B.)

SILENCE

(Silencio, 1932)

Silence dans la nuit :
tout est calme,
le muscle dort,
l'ambition s'apaise.
Berçant l'enfant
une mère chante,
un chant aimé
qui atteint l'âme ;
dans le berceau
vit son espoir.

Ils étaient cinq frères,
c'était une sainte ;
chaque matin
cinq baisers
effleuraient tendrement
la soie d'argent
de la petite vieille
aux cheveux tout blancs...
Ils étaient cinq frères,
ils allaient travailler.

Silence dans la nuit :
tout est calme,

le muscle dort,
l'ambition s'affaire.
Le clairon sonne,
menace la patrie...
On crie : « Guerre ! »
et les hommes se tuent,
couvrant de sang
les champs de France.

Aujourd'hui c'est fini,
l'herbe repousse,
les charrues lancent
un hymne à la vie,
et la petite vieille
aux cheveux tout blancs
est restée seule
avec cinq médailles,
don du pays
pour ses cinq fils.

Paroles et musique d'Alfredo Le Pera,
Carlos Gardel, Horacio Pettorossi

(CH. T.)

PAIN

(Pan, 1932)

Il sait qu'il en a pour un bon moment :
la sentence va sûrement le frapper.
Ainsi, enragé ou soumis ou amer,
la lumière de l'aurore va le saluer.
Il aimerait qu'on puisse l'écouter
avec cette éloquence que donnent les peines
et voir si c'est humain de vouloir le condamner
pour avoir volé un morceau de pain.

Ses gamins ne pleurent pas pour pleurer
ne demandent ni galettes,
ni joujoux, Seigneur !
Ses gamins meurent de froid
ils pleurent de faim, pour du pain.
La grand-mère se plaint de douleur,
reproche douloureux qui offense son homme.
Sa femme aussi,
maigre, affaiblie
dans un regard
lui a fait comprendre toute la tragédie.

Travailler, où ? Tendre la main
pour demander l'aumône au passant, pourquoi ?
Recevoir l'affront d'un « pardon, frère »,

lui, qui est fort, valeureux, orgueilleux...
Ils sont tous endormis. Il a pris la pioche,
il a mis sa casquette, décidé à voler...
Une vitre, quelques cris, au secours, la fuite,
un homme qui pleure et un morceau de pain.

Celedonio Esteban Flores/Eduardo Gregorio Pereyra
(H. D.)

CHAUVE-SOURIS

(Pipistrela, 1933)

Le mouchard du coin de la rue,
quand je sors balayer le trottoir,
cette canaille m'approche et me dit :
« Pst ! Pipistrela ! Pst ! Pipistrela ! »
J'ai un type au marché qui me regarde,
c'est un rital prétentieux et créole ;
je lui fais un clin d'œil
et en même temps je lui jette un chou.

On m'appelle la Pipistrela
et moi je me laisse faire :
il vaut mieux passer pour idiote
quand on n'est pas vraiment bête.
Je suis une fille avec de la classe,
reluquez la belle femme...
La gueule que Dieu m'a donnée,
je vais la faire briller !

J'en ai marre de tous ces larbins,
cuisiniers, grooms et gardiens ;
je passe ma vie à attendre
et il ne vient pas... l'idiot...
Je voudrais avoir beaucoup de fric

pour m'acheter des chapeaux et des souliers
et attirer un type de la ville
pour laisser cette bande de fauchés.

Fernando Ochoa/Juan Canaro
(H. D.)

AUX PIEDS DE LA SAINTE CROIX

(Al pie de la Santa Cruz, 1933)

Ils déclenchent la grève,
la faim est à la maison,
le travail est dur,
la paye est petite,
et dans la confusion
d'une lutte sanglante,
la Loi Patronale
se venge d'un homme.
Ses vieux ne savent pas
qu'ils l'ont condamné
car sa pauvre femme
ment pieusement.
Peut-être un miracle
lui apportera-t-il la grâce
et ramènera le bonheur d'hier à la maison.

Pendant ce temps
aux pieds de la Sainte Croix,
une vieille affligée,
en pleurant, implore Jésus :
« Par tes plaies, qui sont saintes,
par ma peine et ma douleur,
aie pitié de notre enfant,
protégez-le, Seigneur. »

Et le vieux,
qui ne sait plus prier,
proteste aussi,
l'accent tremblant :
« Quel mal nous t'avons fait,
pour mériter tant de douleur »
et la vieille dit à son tour :
« Protégez-le, Seigneur. »
Les pieds enchaînés,
il prend la passerelle ;
l'épouse le regarde,
elle voudrait crier.
Et le gamin innocent
qu'elle porte dans ses bras,
lui dit en pleurant :
« Je veux papa. »

Ils ont largué les amarres
et la dernière corde
a vibré en se projetant
dans tout son être.
On perd de vue
le navire maudit
et elle tombe évanouie,
la pauvre femme.

Mario Battistella Zoppi/Enrique Pedro Delfino

(H. D.)

MILONGA DU 900

(Milonga del 900, 1933)

J'aime ce qu'il ne faut pas
et je ne prends pas le trottoir,
je porte un galure à la Maxera
je chausse des bottes de soldat.
Je l'aimais parce que je l'aimais,
et c'est pourquoi je traîne mon chagrin ;
elle est partie, j'ai oublié quand,
et je ne sais pas quand elle reviendra.

Elle est nommée par les guitares,
lorsque j'écoute leur chanson ;
et aussi par les rues du quartier,
par le tranchant de mon couteau.
Elle est nommée par les étoiles
et par tout le vent du faubourg ;
je ne sais pourquoi ils me la rappellent,
je ne pourrais pas l'oublier.

Je suis méfiant en amour,
mais je fais confiance au jeu ;
où l'on m'invite, je demeure,
et même si je suis de trop !
Je suis de l'avis de chacun
et avec chacun je m'installe.

Mais peu m'importe car voici :
Je suis de ceux de Leandro Alem[1].

Je n'aime pas le pavé,
je ne fais pas dans le moderne ;
au lit lorsque je suis malade,
j'y reste quand je suis guéri.
Je l'aime parce que je l'aime
et c'est pourquoi je lui pardonne.
Rien de tel que la rancune
pour connaître l'aigreur de vivre...

Homero Manzi/Sebastián Piana
(G. J.)

1. « Leandro Alem » : homme politique radical argentin qui participe à de nombreuses luttes ; il se donnera la mort (1842-1896). Divers lieux portent son nom.

MADAME YVONNE

(Madame Ivonne, 1933)

« Mamsel' » Yvonne était une petite
dans l'accueillant quartier du vieux Montmartre ;
avec son allure voyante de joyeuse grisette,
elle égayait les fêtes des Quat'zarts.

C'était la reine du Quartier latin
qui sut inspirer les artistes,
mais un jour débarqua un Argentin.
Il fit soupirer la petite Française...

« Madame » Yvonne...
La croix du sud fut comme un signe.
Madame Yvonne...
Le signe de ton destin.

Grise alouette,
ta douleur me bouleverse...
Ton chagrin est de neige,
Madame Yvonne.

Dix ans sont passés depuis qu'elle a lâché la France,
« Mamsel' » Yvonne n'est plus aujourd'hui que
« Madame ».

Et celle de qui tout s'éloigne,
les yeux tristes, boit son champagne.

Elle n'est plus la reine du Quartier latin,
elle n'est plus la petite fleur de lys...
Il ne lui reste plus rien... même pas son Argentin
qui l'a arrachée de Paris, entre un tango et un maté.

Domingo Enrique Cadícamo/
Eduardo Gregorio Pereyra

(H. D.)

MÉLODIE DU FAUBOURG

(Melodía de arrabal, 1933)

Quartier argenté par la lune,
rumeurs de milonga,
c'est toute ta fortune.
Il y a un soufflet qui grogne
dans ta pauvre ruelle.
Pendant qu'une mignonne,
jolie comme une fleur,
attend, coquette,
sous la lumière calme d'un réverbère.

Quartier... Quartier...
tu as l'âme inquiète
d'un moineau sentimental.
Peines... prières...
Ce sacré quartier tout entier
est une mélodie de faubourg.

Quartier... Quartier...
pardonne si une grosse larme
coule à t'évoquer,
en roulant sur ton pavé
c'est un baiser prolongé
que te donne mon cœur.

Nid de joueurs et de chanteurs,
de bagarres, de disputes,
et de toutes mes amours ;
sur tes murs, de ma lame,
j'ai gravé les noms que j'aime :
Rosa, « La Milonguita »,...
Elle était blonde Margot...
Au premier rendez-vous
la jeune Rita
m'a donné son amour.

Alfredo Le Pera-Mario Battistela Zoppi/
Carlos Gardel

(H. D.)

AMOURS D'ÉTUDIANT

(Amores de estudiante, 1934)

Aujourd'hui un serment,
demain la trahison ;
les amours d'étudiant
ne fleurissent qu'un jour.

Sur ses lèvres brûlantes
poser une promesse
passionnément.
Je veux calmer la colère
de ces yeux clairs, toujours
ils mentent d'amour.

Pour un regard suppliant
perdre la quiétude,
souriantes demoiselles
qui jurent leur vertu.
C'est une bouche folle
qui vient me provoquer,
il y a un collier d'amours
autour de ma jeunesse.

Fantasmes du passé,
parfums d'hier,
je vous évoquerai dans la douleur

pendant que mes cheveux blanchissent.
Volée de souvenirs
d'un temps chéri,
lointain et fleuri,
que je n'oublierai pas.

Aujourd'hui un serment,
demain la trahison ;
les amours d'étudiant
fleurissent un seul jour.

Alfredo Le Pera/Carlos Gardel
(H. D.)

AMERTUME

(Amargura, 1934)

Sa bouche qui riait me poursuit, implacable ;
ce cruel souvenir hante mes insomnies.
J'ai vu, de mes yeux vu, comme elle leur offrait
la chaleur de ses lèvres, rouges comme un œillet.

Le vent de la folie a traversé mon esprit ;
amèrement déçu, j'ai voulu me venger ;
mes mains se sont crispées, ma poitrine oppressée,
sa bouche qui riait, je n'ai pas pu la tuer.

J'ai été son amour d'un jour,
son amour était toute ma fortune.
J'ai confié ma joie,
aux champs et à la lune ;
pour tant l'aimer,
pour lui donner ma confiance,
aujourd'hui ne restent dans ma trace
que mes larmes et ma douleur.

Souffrant et abattu, ma vieille blessure saigne,
buvons encore un coup, et oublions !

Mais ces profondes peines d'amour et de désillusion
tel le chiendent sont dures à tuer.

Au fond de mon verre, son image m'obsède ;
c'est comme une condamnation qui s'obstine dans son rire ;
coquette, impitoyable, sa bouche m'emprisonne ;
elle rira jusqu'à ma mort, l'ingrate, dans le verre.

Alfredo Le Pera/Carlos Gardel
(G. J.)

REVENIR

(Volver, 1934)

Je devine le clignement
des lumières qui au loin
vont jalonnant mon retour;
ce sont les mêmes qui éclairaient
de ses pâles reflets
les heures profondes de la douleur.

Et malgré moi de retour,
au premier amour on revient toujours.
La calme rue où l'écho t'a dit:
« à toi sa vie, à toi sa dévotion »
sous le regard moqueur des étoiles
qui impassibles me voient revenir.

Revenir, le front ridé,
les tempes argentées par les neiges du temps.
Sentir que la vie est un souffle,
que vingt ans ce n'est rien,
que le regard fébrile, errant parmi les ombres,
il te cherche, il te nomme.
Vivre, l'âme accrochée
à ce doux souvenir
que je pleure à nouveau.

La rencontre me fait peur
du passé qui revient
s'affronter à ma vie.
Peur me font les nuits
peuplées de souvenirs
qui enchaînent ma rêverie.

Mais le voyageur en fuite
tôt ou tard s'arrête en chemin.
Même si l'oubli qui détruit tout
a tué ma vieille illusion,
humble je garde une espérance cachée
pour toute fortune de mon cœur.

Alfredo Le Pera/Carlos Gardel
(D. et S. Y.)

MON BUENOS AIRES CHÉRI

(Mi Buenos Aires querido, 1934)

Mon Buenos Aires chéri,
quand je reviendrai te voir,
il n'y aura plus de peines, ni d'oubli.

Le réverbère de la rue où je suis né
a été la sentinelle de mes promesses d'amour,
sous sa petite lumière tranquille je l'ai vue,
ma petite, lumineuse comme un soleil.
Aujourd'hui que la chance m'amène à te revoir,
ville « porteña » de mon unique amour,
j'entends la plainte d'un bandonéon,
dans la poitrine le cœur tire sur la bride.

Mon Buenos Aires, terre fleurie
où je finirai ma vie.
Sous ta protection, pas de déception,
les années s'envolent, la douleur s'oublie.

Les souvenirs passent en caravane
comme un doux sillage d'émotion,
je veux que tu le saches, à t'évoquer
les peines de cœur s'en vont.

Lucarnes de mes rues du faubourg
où sourit une jeune fille en fleur ;
je veux à nouveau revenir contempler
ces yeux qui caressent de leur regard.
Dans l'impasse la plus sombre, une chanson
dit sa prière de courage et de passion ;
une promesse et un soupir,
une larme de douleur a effacé ce chant.

Mon Buenos Aires chéri,
quand je reviendrai te voir
il n'y aura plus de peines ni d'oubli.

Alfredo Le Pera/Carlos Gardel
(H. D.)

DÉGRINGOLADE

(Cuesta abajo, 1934)

Si je traînais par ce monde
la honte d'avoir été
et la douleur de ne plus être,
sous le rebord de mon chapeau,
combien de fois, cachée,
une larme a roulé
que je n'ai pu retenir...
Si j'errais par les chemins
comme un paria que le destin
s'obstinait à détruire.
Si j'ai été lâche, si j'ai été aveugle,
je veux seulement que soit comprise
la valeur que représente
le courage d'aimer.

Elle était pour moi toute la vie,
comme un soleil de printemps,
mon espoir et ma passion.
Je savais que dans le monde
n'entrait pas tout le simple bonheur
de mon pauvre cœur.
Et maintenant,
en bas de la côte
de ma dégringolade,

je ne peux plus arracher
mes illusions perdues.
Je rêve de ce passé que je regrette,
des temps anciens que je pleure
et qui ne reviendront jamais.

Pour retrouver sa trace,
j'ai bu infatigablement
ma coupe de douleur,
mais personne ne comprenait
que si je donnais tout
à chaque coup je laissais
des morceaux de mon cœur.

Maintenant, triste dans ma chute,
solitaire et déjà vaincu,
je veux me confesser.
Si cette bouche-là me mentait
pour l'amour qu'elle m'offrait,
pour ses yeux ensorcelants,
j'aurais donné toujours plus.

Alfredo Le Pera/Carlos Gardel
(H. D.)

BRIC-À-BRAC

(Cambalache, 1934)

Je le sais :
le monde a été et sera une saloperie ;
en cinq cent six
mais aussi en l'an deux mille ;
il y a toujours eu des voleurs,
des diaboliques et des escrocs,
des heureux et des aigris,
des courageux et des doubleurs.
Mais personne ne peut nier
que le vingtième siècle est un paquet
de vice insolent,
et personne ne le nie.
Nous vivons vautrés dans la mélasse
et en même temps
ils nous manœuvrent tous.

Fourbe ou loyal,
aujourd'hui c'est pareil,
ignorant, savant, voleur,
généreux ou truand.
Tout est pareil, rien n'est mieux !
Pareil l'âne ou le grand professeur.
Ni recalés ni promus ;
les ignorants sont nos pareils.

Si l'un vit dans l'imposture
l'autre vole par ambition.
Et c'est pareil d'être curé,
matelassier, Roi de rien,
effronté ou polisson.

Manque de respect !
Outrage à la raison !
N'importe qui est un seigneur,
n'importe qui est un bandit.
Mixture de Stavisky
de Don Bosco et La Mignon
vont aussi Don Chicho et Napoléon
puis Carnera et San Martín.
Comme dans une vitrine de bric-à-brac irrespectueuse
la vie s'est mélangée,
et blessée par un sabre émoussé,
vois pleurer la Bible près d'un chauffe-eau.

Vingtième siècle, bric-à-brac
problématique et fébrile.
Pas de pleur, pas de biberon,
et qui ne fauche est un imbécile.
Vas-y ! Vas-y encore
car dans le Four, tous nous y serons.
Ne pense plus, mets-toi de côté,
que tu sois bien né n'intéresse personne.
Pareil que tu bosses
nuit et jour comme un bœuf,
pareil que tu vives des autres,
pareil qui tue, pareil qui soigne
et pareil le hors-la-loi.

Paroles et musique d'Enrique Santos Discépolo

(H. D.)

UNE NUIT, ELLE EST REVENUE

(Volvió una noche, 1935)

Une nuit, elle est revenue, je ne l'attendais pas,
sur son visage il y avait tant d'anxiété,
que je n'ai pas osé lui rappeler
sa félonie et sa cruauté.

Humble, elle m'a dit, « si tu me pardonnes,
le temps passé nous reviendra.
Le printemps sera notre vie,
tu verras que tout nous sourira. »

Mensonge, mensonge, ai-je voulu lui dire,
les heures passées jamais ne reviennent,
ainsi mon amour au tien enlacé,
ressemble au fantôme du vieux passé,
que l'on ne peut plus ressusciter.

J'ai tu mon amertume, j'ai eu pitié,
ses yeux bleus s'ouvrirent très grands,
très vite ils ont compris ma peine immense,
et avec la moue d'une femme vaincue
« c'est la vie » me dit-elle, et ne l'ai pas revue.

Une nuit, elle est revenue, je ne l'ai jamais oubliée,
avec dans son regard éteint cette tristesse,

et j'ai eu peur de ce spectre qui a été
la folie de ma jeunesse.

Elle est partie en silence, sans un reproche,
dans un miroir alors j'ai voulu me regarder,
il y avait sur mon front tant d'hivers
qu'elle aussi, elle a eu pitié.

Alfredo Le Pera/Carlos Gardel
(Ch. D.)

ÂME DE BANDONÉON

(Alma de bandoneón, 1935)

Je me suis moqué de toi :
je ne t'avais pas écouté.
Je n'avais pas compris ta douleur.
Il m'avait semblé
que ton chant cruel
tu l'avais volé, bandonéon.

Maintenant je comprends
le désespoir
qui te soulève dans un sanglot.
Tu es une chenille
qui veut être papillon
avant de mourir.

C'est ta voix, bandonéon,
qui m'a fait comprendre
ta plainte
dans les douleurs de l'échec.

Tu es le fond de la vie
pure et sans pardon
pour qui rêve de voler,
emporte l'illusion
et la pleure.

Comme toi j'ai rêvé,
comme toi j'ai vécu
sans égaler mon ambition.
Âme de bandonéon...
Âme... que je porte en moi.

Voix de malheur et d'amour.
Je te chercherai à l'heure de la mort,
je t'appellerai dans mes adieux
pour te demander pardon ;
et je te prendrai dans mes bras
pour te donner des morceaux de mon cœur.

Enrique Santos Díscepolo-Luis César Amadori/
Enrique Santos Díscepolo

(H. D.)

LE JOUR OÙ TU M'AIMERAS

(El día que me quieras, 1935)

Il caresse mon rêve
le doux murmure
de ton soupir,
comme la vie rit
lorsque tes yeux noirs
veulent me regarder.
Quand il est à moi
le refuge de ton rire léger,
qui ressemble à un chant,
il calme alors ma blessure
et tout, tout, s'oublie.

Le jour où tu m'aimeras,
la rose que tu portes
s'habillera pour la fête
de ses plus belles couleurs.
Et les cloches au vent
diront que tu es mienne,
et les fontaines, folles,
raconteront notre amour.

La nuit où tu m'aimeras,
depuis le bleu du ciel,
les étoiles jalouses

nous regarderont passer;
et un rayon mystérieux
fera son nid dans tes cheveux,
luciole curieuse
qui verras que tu es ma consolation.

Le jour où tu m'aimeras
il n'y aura plus qu'harmonie,
l'aurore sera claire,
et la source sera vive;
calme la brise apportera
une rumeur de mélodie
et les fontaines nous chanteront
leurs paroles de cristal.

Le jour où tu m'aimeras
l'oiseau-lyre
adoucira ses cordes,
la vie fleurira...
La douleur n'existera pas.

La nuit où tu m'aimeras,
depuis le bleu du ciel,
les étoiles jalouses
nous regarderont passer;
et un rayon mystérieux
fera son nid dans tes cheveux,
luciole curieuse
qui verras que tu es ma consolation.

Alfredo Le Pera/Carlos Gardel

(H. D.)

POUR UNE TÊTE

(Por una cabeza, 1935)

Pour une tête du noble poulain
qui juste à la ligne rate son arrivée
et qui, au retour, a l'air de dire :
N'oublie pas, frère, tu sais, il ne faut pas jouer...

Pour une tête, coup de foudre d'un jour,
pour cette coquette, cette friponne de femme
qui jure en souriant l'amour qu'elle retient,
et brûle sur un bûcher tout mon dévouement.

Pour une tête,
toutes les folies,
le baiser de sa bouche
efface la tristesse,
soulage l'amertume.

Pour une tête
et si elle m'oublie,
que m'importe de perdre
la vie mille fois...
Pour quoi vivre...

Combien de déceptions, pour une tête,
mille fois j'ai juré de ne pas insister à nouveau,

mais quand un regard me blesse au passage,
sa bouche de feu, à nouveau, je veux la prendre.

Assez de courses, fini les tripots,
je ne revois plus de final disputé,
mais si je sais que quelque poulain a des chances
  dimanche,
je me joue tout entier,
qu'est-ce que je peux y faire...

Alfredo Le Pera/Carlos Gardel
(H. D.)

SOLITUDE

(Soledad, 1935)

Qu'on ne me dise pas que
Tu m'as déjà sorti
Du bonheur de ta vie
Pour rêver ton appel impossible mon
Cœur exige le mensonge.
Je ne veux pas qu'on sache
Combien amère et profonde est
Mon éternelle solitude...
Passent les heures, traîne l'aiguille des minutes mon
Cauchemar est un lent tic-tac...

Dans l'ombre douloureuse de ma chambre guettant
Ses pas qui ne reviendront pas je
Crois parfois entendre qu'ils n'osent entrer
Mais personne, elle ne vient pas,
Illusion de mes rêves elle
S'évanouit ne laissant qu'apparences
Cendres, sur mon cœur.

Sur le cadran argenté de l'horloge les
Heures agonisantes refusent de passer,
Défilé de silhouettes étranges me
Contemplant d'un regard
Moqueur, interminable procession

Avec leurs grimaces de spectres elles se perdent dans
L'oubli emportant cette bouche que je possédais seule
Me reste l'angoisse de la douleur.

Alfredo Le Pera/Carlos Gardel
(J.-P. B.)

SES YEUX SE SONT FERMÉS

(Sus ojos se cerraron, 1935)

Ses yeux se sont fermés la vie
A poursuivi sa route sa
Bouche mienne plus jamais
Ne m'embrassera les
Échos de son rire éclatant se
Sont tus comme
Est cruel ce silence qui me
Fait tant souffrir.

La divine douceur de ses mains
N'était qu'à moi prodiguant à
Mes peines la bonté de
Ses caresses et
Maintenant qu'effondré je
L'appelle les chaînes de mes larmes
Refusent de couler
M'enlevant cette consolation
Des pleurs.

Pourquoi la vie féroce brûla-t-elle tes ailes ?
Pourquoi ce sinistre rictus du destin ?
Je crus la protéger, la mort fut la plus forte,
Je souffre atrocement et s'aggravent mes plaies...

Viendront, je sais, quelques visages étrangers
Tendant à mes douleurs l'aumône de leurs
consolations...
Tout est mensonge, mensonges les lamentations,
Aujourd'hui, mon cœur est à nu!

Comme chiens de meute les
Souffrances traîtres
Jalouses de son amour le
Poursuivaient et
Cachée dans les eaux de
Son regard bienveillant
La mort tapie
Tenait son rythme...

Dans la fièvre, en vain, j'avais
Quelque espérance.
Dans le vif de ma chair la
Douleur plantait ses griffes
Et pendant que dans les rues
Le vacarme délirant
Du carnaval du monde se moquait et
Riait
Le destin ironique m'a ravi son amour.

Alfredo Le Pera/Carlos Gardel
(J.-P. B.)

TOUT DIRE

(Las cuarenta, 1935-1937)

Avec le clope de la vie
serré entre les lèvres,
le regard trouble et froid,
la démarche un peu lourde,
il passa la pointe du faubourg
et soûlé déjà de souvenirs,
comme le ferait un venin,
on l'entendit protester :

Vieille rue de mon quartier
où j'ai fait les premiers pas,
je te reviens, j'ai perdu le paquet
dans un jeu stupide,
j'ai une plaie au cœur,
j'ai les rêves en morceaux,
brisés par l'étreinte
que m'a donnée la vérité.

J'ai appris tout le mal,
j'ai appris tout le bien.
Je sais le baiser qui s'achète,
je sais le baiser qui se donne.
L'ami qui est l'ami, toujours,
quand ça l'arrange.

Je sais qu'avec beaucoup d'argent
on vaut beaucoup plus.
J'ai appris qu'il faut pleurer,
dans cette vie, quand d'autres pleurent.
Et qu'on doit rire aussi
quand les comparses rient.
Qu'il ne faut même pas penser,
à quoi bon puisqu'on vit
et tu cours le risque, en plus,
qu'ils te traitent d'imbécile.

La fois où j'ai voulu être bon,
ils m'ont ri au nez ;
quand j'ai crié à l'injustice,
la force m'a fait taire ;
l'expérience a été ma maîtresse,
la déception mon amie...
Toute carte a son contraire,
et tout contraire se montre.
Aujourd'hui je ne crois même plus en moi,
tout est boniment, tout est faux,
et celui qui est le plus haut placé
est au même niveau que les autres...
C'est pourquoi il ne faudra pas t'étonner
si une nuit, ivre,
tu me vois passer au bras
de celui avec qui je ne devrais pas être.

Froilán/Roberto Grela

(H. D.)

NOSTALGIES

(Nostalgias, 1936)

Je veux soûler mon cœur,
pour éteindre un amour fou
qui plus qu'amour est une douleur;
je viens ici pour ça,
pour effacer de vieux baisers
sous les baisers d'une autre bouche...

Si son amour a été la fleur d'un jour
pourquoi est-ce que je souffre encore
de ce tourment cruel?
Je veux lever mon verre pour nous deux,
pour oublier mon obsession;
mais elle revient encore et toujours.

Nostalgies: écouter son rire fou,
et sentir tout contre ma bouche,
comme un feu, sa respiration;
et l'angoisse: me sentir abandonné,
et penser qu'un autre, près d'elle,
vite, très vite, lui parlera d'amour.

Frère, je ne veux pas m'abaisser,
ni la prier, ni la supplier,
ni lui dire que je ne peux plus vivre...

De ma triste solitude, je verrai tomber
les roses mortes de ma jeunesse.

Gémis, toi, bandonéon, le tango gris,
peut-être souffriras-tu, toi aussi,
d'un amour sentimental.

Pleure, mon âme de pitre,
seule et triste dans cette nuit,
nuit sombre et sans étoiles ;
si les verres portent consolation,
je porte ici ma douleur
pour l'étouffer d'un coup.
Je veux soûler mon cœur
et je veux, après, pouvoir trinquer
aux échecs de l'amour.

Domingo Enrique Cadícamo/Juan Carlos Cobián
(H. D.)

CHAMBRETTE BLEUE

(Cuartito azul, 1938)

Chambrette bleue, douce demeure de ma vie,
fidèle témoin de ma tendre jeunesse,
l'heure des tristes adieux est arrivée...
Tu le vois... Tout dans ce monde est inquiétude...
Je ne suis plus ce garçon sombre ;
Je suis depuis ce soir un monsieur...
Pourtant, chambrette, je te jure,
je n'ai jamais été aussi triste qu'aujourd'hui.

Chambrette bleue
de ma première passion,
tu garderas
tout mon cœur.
Si par hasard
revient celle que j'aimais,
tu lui diras
que jamais je ne l'ai oubliée.
Chambrette bleue,
aujourd'hui je te chante mes adieux ;
je n'ouvrirai jamais plus
ta porte et ton balcon.

Ici j'ai vécu toute mon ardente fantaisie
et j'ai chanté l'amour avec joie ;

c'est ici qu'a sangloté mon aimée
me récitant les vers de Chénier[1].
J'aurais peut-être pu être fier
de la gloire et de l'honneur venus,
mais rien ne pourra me sembler
aussi beau et aussi sincère que toi.

Mario Battistela/Mariano Mores
(H. D.)

1. André Chénier (1762-1794).

MAIN BLANCHE

(Mano blanca, 1939)

Où vas-tu, petit charretier de l'Est,
châtiant ton couple de rouans
et montrant dans le char bleu
tes deux initiales peintes à la main ?

Fais reluire l'étoile de bronze
clouée sur la semelle de cuir...
Où vas-tu, petit charretier de l'Once[1],
traversant en vitesse les rues du Sud ?

Homme du port ! Main blanche !
Allons ! Pousse, il faut monter !
Main blanche ! Petit homme du port !
Pousse, courage ! Encore un effort.

Bon... Bon... On s'en est tiré...
Continuez tout droit encore une fois,
Que m'attendent cette nuit ses yeux
Au croisement de Centenera et Tabaré[2].

Où vas-tu, petit charretier du port,
avec ton char flamand et coquet,

1. Quartier populaire de Buenos Aires.
2. Avenues de la ville.

avec tes yeux fermés de sommeil
et une herbe à bonheur derrière l'oreille ?

L'orgueil d'être bien aimé
Se devine dans ton étoile de bronze...
Petit charretier du quartier de l'Once
Qui vas au trot vers l'écurie.

Bon... Bon... On s'en est tiré...
Continuez tout droit encore une fois,
Pendant que je rêve dans ces yeux-là
Au croisement de Centenera et Tabaré.

Homero Manzi/Antonia de Bassi

(H. D.)

BETTINOTI [1]

(Bettinoti, 1939)

Au fond de la nuit,
le quartier devient triste
quand dans l'ombre la rumeur
d'une chanson se balance.
Paysage de quartier louche
barbouillé par les charrettes,
c'est au bruit de cent sérénades
qu'il a embaumé ton cœur.

Papillon aux ailes noires
qui vole dans la ruelle,
le murmure de la guitare
s'unit à la paix du géranium.
Elles se rappellent dans la nuit
les voix que le temps a bannies
et surgissent de l'oubli
les paroles du chanteur des rues.

Laïla, Lara, lararaïra,
Laïla, Lara, lararaïra.

1. Ou « Betinotti ». Il fut l'un des derniers « payador », l'un des derniers chanteurs et conteurs populaires.

Strophe de Bettinoti
qui se plaint dans tous les coins.
Tristesse de populace
Qui ne t'oubliera jamais.
L'angoisse de la fiancée absente
et de la mère abandonnée
à jamais gravée
dans ta valse sentimentale.
Et la nuit du quartier
perpétue le chant amoureux,
le rappelle à nos mémoires,
Bettinoti, chanteur des rues.

Homero Manzi/Sebastián Piana

(H. D.)

VA LE CHANTER À GARDEL

(Andá a cantarle a Gardel)

Gary Grant de Puente Alsina,
dis-moi qui était cette fille
qui faisait courir le bobard
que tu jouais du piano à queue
dans un bobinard new-yorkais.
Toi, lampe d'Aladin,
qui voyages avec La Panagra
je t'ai connu ringard,
arrière-petit-fils d'Henry Ford,
tu as entre les deux oreilles
plus de vers qu'un fromage,
qu'un fromage de Roquefort.

Tu es allé plus vite que la vie
en sautant quatre échelons ;
et s'ils t'ont jeté dans le ruisseau
pour ne pas avoir payé le mois,
qui, qui va te croire.
Gary Grant, tu me fais rire,
va dans une boîte où tu trouveras des ronds,
tu faucheras la chemisette
sans toucher à la chemise.

Toi... Sultan... de Polinetas.
Avoue-le moi franchement
d'où sors-tu les millions
qui soutiennent aujourd'hui tes actions
de la noble Franco-Anglaise.
Toi qui dans cette pharmacie,
et pas pour te peser... un jour tu es entré
et bien qu'ils soient à la tante
tu as dépensé les shillings à gogo.
Prix Nobel de raccroc :
les gens ont bien raison.
Va donc le chanter à Gardel.

Héctor Méndez/Manuel Sucher
(H. D.)

PEINE MULÂTRE

(Pena mulata, 1941)

Peine mulâtre
qui se déchaîne
sous une blouse
de broderie.

Douleur de *milonga*
qui prolonge à peine
d'une plainte triste
la nuit d'avril.

Comme un miroir
jolie et vieillie
brille la peau
du danseur.

Œillet écarlate
que le désir trahit
dans la blouse tremble
sa tache cramoisie.

Ta mère est morte d'amours
dans le Quartier du Tambour[1],

1. Quartier du Tambour (Barrio del tambor), quartier de Buenos Aires, habité alors par des Noirs. Le charretier : ici

le couteau d'un charretier
lui a ouvert le chemin de l'absence.

Ton père est mort à l'ombre
pour venger cette trahison.
Mulâtre, ton étoile est née
dans un ciel de crêpe.

Lumière de folie
brille dans le noir
regard dur
du danseur.

Vin triste
au rythme de la danse
chauffe la vengeance
sous la crinière.

Pauvre brunette,
a jailli dans ses veines
une sereine
fleur cramoisie.

Romance à l'affût
pinceau de dépit
peint dans ta poitrine
la tache cramoisie.

Ta mère est morte d'amours,
âme blanche et peau noire.
Mulâtre, ses lèvres ont été
la rancune d'un charretier.

---

celui qui aidait les véhicules à roues en difficulté à sortir des ornières.

Ton père est mort à l'ombre
pour venger cette trahison.
Mulâtre ton étoile est née
dans un ciel de crêpe.

Peine mulâtre
qui se déchaîne
sous une blouse
de broderie.

Douleur de *milonga*
qui prolonge à peine
d'une plainte triste
la nuit d'avril.

Homero Manzi/Sebastián Piana
(H. D.)

TROIS COINS DE RUES

(3 esquinas, 1941)

Je suis du quartier des trois coins de rues,
ancienne forteresse d'un faubourg
où fleurissent comme des glycines
les jolies filles en tablier...
Où dans la nuit tiède et calme
le géranium donne son vieux parfum
et, sous un ciel de pleine lune,
sommeillent les charrues de la cour.

Je suis de ce quartier modeste,
je suis le tango sentimental...
Je suis de ce quartier qui boit le maté
à l'ombre que donne la vigne...
Au coin de ses rues j'ai fait le fier,
sorti la lame pour un amour fou,
brûlé dans les yeux d'une mauvaise fille
la mèche ardente de ma passion...

Il n'y a rien de plus beau ni de plus vantard
que ma banlieue qui murmure,
avec les racontars des commères
et les compliments du séducteur.
Vieux quartier qui fut témoin

de mes bravoures de jeunesse...
Je suis du quartier qui vit à part
dans ce siècle de Nouveau Luxe.

Enrique Cadícamo/
Ángel D'Agostino-Alfredo Attadia
(H. D.)

LE CHARRETIER

(El cuarteador, 1941)

Je suis Prudencio Navarro,
le charretier de Barracas.
J'ai un roussin qui enlève et arrache
de la boue n'importe quelle
charrette...
Aubère à la croupe divisée
qui, par un travail de corde,
du bas-côté toujours écarte
Bijou!
la roue bloquée.

Moi qui ai tant tiré,
moi, sur la sangle de mon percheron
aujourd'hui la charrette de mon amour s'est embourbée
et personne ne me donne
un coup de main...
Dans la rue de la tendresse
l'amour est une femme,
dans un trou elle a coulé mon cœur.
Aujourd'hui mon aubère même n'arrive
à me sortir de ce fossé!...

Je suis Prudencio Navarro
le charretier de Barracas...

Quand mon aubère voit une charrette
content il s'attelle...
Il n'y a pas de poids qui l'arrête
parce que mon vieux bidet est solide...
Je l'appelle doucement
Bijou !
et le roussin
en met un coup...

Je suis Prudencio Navarro,
le charretier de Barracas !

Domingo Enrique Cadícamo/Rosendo Luna
(pseudonyme de Cadícamo)

(H. D.)

AU RYTHME DU CŒUR

(Al compás del corazón, 1942)

Un cœur bat...
Laisse-le battre...
Ce que je rêve...
Laisse-moi mentir...

Un cœur bat, parce que je te verrai de nouveau,
mon rêve ment, parce que tu reviens tout doucement
un cœur bat...
Je crois te voir revenir avec cet adieu
et de retour tu crieras ton horreur,
cet hier, cette douleur, cette nostalgie...
Et après tu baisseras la voix,
tu retiendras ton désir de solitude.
Et tu sauras pourquoi bat un cœur,
il suffit de le dire. Quel bonheur!
Et un rythme, un rythme d'amour
unira les adieux pour toujours.

Tu verras, amour...
Comme tu seras heureuse...
Entends-tu ce rythme?
C'est ce cœur.
Tu verras comme sont douces les heures du retour,

tu verras comme sont doux les reproches et les baisers,
tu verras, amour...
Que d'heures heureuses au rythme du cœur.

Homero Expósito/Domingo Federico
(H. D.)

PERSONNE

(Ninguna, 1942)

Cette porte s'est ouverte sur tes pas,
Ce piano a vibré pour ton chant,
Cette table, ce miroir et ces tableaux
gardent les échos de l'écho de ta voix.

C'est triste de vivre de souvenirs.
Et c'est l'ennui d'écouter ce bruit
de la pluie légère qui pleure le temps
durant lequel mon cœur a tant aimé.

Il n'y aura personne ainsi. Il n'y aura personne.
Personne avec ta peau, personne avec ta voix ;
ta peau, magnolia que la lune mouillait,
ta voix, murmure que l'amour apaisait.
Il n'y aura personne comme elle, toutes sont mortes
à l'instant où tu m'as dit adieu.

Même si je voulais m'éloigner du passé,
mon cœur me le crierait, c'est inutile ;
ce piano, ce miroir, ces tableaux
gardent les échos de l'écho de ta voix.

Dans un album bleu sont les vers
que ton absence a couvert de solitude.

Cette cendre triste du souvenir :
rien que de la cendre, rien de plus.

Homero Manzi/Raúl Fernández Siro
(H. D.)

MALENA

(Malena, 1942)

Malena chante le tango
comme personne
et dans chaque vers, elle met
son cœur :
l'herbe du faubourg
parfume sa voix.
Malena a un chagrin
de bandonéon.
Dans son enfance, peut-être,
sa voix d'alouette
a pris ce ton obscur
d'impasse,
ou peut-être cette romance,
dont elle se souvient
quand elle est triste
dans l'alcool.
Malena chante le tango
d'une voix sombre.
Malena a un chagrin
de bandonéon.

Ta chanson
a le froid de la dernière rencontre,
ta chanson

devient amère dans le sel du souvenir.
Je ne sais
si ta voix est la fleur d'un chagrin,
je sais seulement
qu'à la rumeur de tes tangos, Malena,
je te sens meilleure,
meilleure que moi.

Tes yeux sont obscurs
comme l'oubli,
tes lèvres serrées
comme la rancœur,
tes mains, deux colombes
qui ont froid,
tes veines ont du sang
de bandonéon.
Tes tangos sont des créatures
abandonnées
qui traversent
la boue des ruelles
quand toutes les portes
sont fermées
et qu'aboient les fantasmes
de la chanson.
Malena chante le tango
d'une voix cassée ;
Malena a un chagrin
de bandonéon.

Homero Manzi/Lucio Demare
(H. D.)

QUARTIER DE TANGO

(Barrio de tango, 1942)

Un coin de quartier, là-bas, à Pompeya,
dormant près du terre-plein,
une lampe qui se balance à la barrière
et le mystère des adieux que sème le train...
Un aboiement de chien à la lune,
et l'amour caché sous un porche
et les crapauds qui coassent dans la lagune
et dans le lointain, la voix du bandonéon.

Quartier de tango, lune et mystère,
rues lointaines, que deviennent-elles ?
Mes vieux copains que j'ai oubliés, je ne sais plus
ce qu'ils sont devenus, ni où ils sont allés !
Quartier de tango, qui fut celui de Juana,
la blonde que j'ai tant aimée ;
sait-elle que je souffre quand je pense à elle
depuis le soir où je l'ai quittée ?
Quartier de tango, lune et mystère,
dans mon souvenir je te revois.

Un chœur de sifflements, là-bas dans le coin,
une tournée de dés dans la buvette
et la douleur de la pâle voisine
qui n'est jamais sortie voir le train.

Je me rappelle tes nuits, quartier de tango,
avec les charrettes entrant dans la grande cour
et la lune qui barbotait dans la boue
et au loin la voix d'un bandonéon.

Homero Manzi/Aníbal Troilo
(H. D.)

LE TANGO SE DANSE COMME ÇA !

(Así se baila el tango ! 1942)

Qu'est-ce qu'ils en savent,
ceux du gratin, les pomponnés, les petits-maîtres ?
Qu'est-ce qu'ils en savent
de ce qu'est le tango ?
Et que savent-ils de la cadence,
c'est ça, l'allure, la silhouette et l'élégance !
Et le maintien, et l'arrogance, et pour la danse,
quelle classe !
Ainsi se danse le tango, quand je dessine le huit,
Et pour ces filigranes, je suis, moi, comme un peintre,
et puis là un galop, là un tourbillon, là un arrêt :
un tango se danse comme ça... un tango à mon goût !

Le tango se danse comme ça,
sentir au visage
le sang qui monte
à chaque cadence ;
pendant que le bras
comme un serpent
s'enroule à la taille
qu'il va briser.
Le tango se danse comme ça !

L'haleine mêlée,
les yeux fermés,
pour mieux entendre
ce que les violons
racontent aux soufflets
et pourquoi depuis cette nuit-là
Malena n'a plus chanté !

Sera-t-elle une femme ou un jonc pour trouver le pas de côté ?
Et pour mouvoir ses pieds aura-t-elle le ressort et le bond ?
C'est vrai que ma jolie, « ma moitié »,
elle danse, féroce, et me rend fou.
Je me demande parfois si elle n'est pas l'ombre
qui me poursuit toujours ou alors quelqu'un sans volonté.
Mais elle est née comme ça, pour danser le tango.
Et comme moi elle raffole, elle raffole de danser.

Marvil/Elías Randal
(H. D.)

PERCALE

(Percal, 1943)

Percale...
Te souviens-tu de la percale?...
Tu avais quinze avril,
désir de souffrir et d'aimer,
d'aller en ville, de triompher
et oublier la percale...
Percale...
Chemin de la percale...
Tu as fui ta maison,
nous avons peut-être mal compris;
je sais seulement qu'à la fin
tu as oublié la percale...

La jeunesse a fui...
Ta maison n'est plus...
Abandonnés hier
sont restés
découragés
ta percale et mon passé...
La jeunesse a fui...
Je n'attends plus rien...
Il vaut mieux oublier
les désirs qui ne se sont pas réalisés
et la robe de percale...

Pleurer...
Pourquoi vas-tu pleurer ?
Tu n'as peut-être pas vécu,
tu n'as peut-être pas appris à aimer,
à souffrir, à attendre
et aussi à te taire ?
Percale...
Ce sont des choses de percale...
Savoir que tu souffres
savoir que tu souffriras encore
et savoir qu'à la fin
tu n'as pas oublié la percale...
Percale...
Tristesse de la percale.

Homero Aldo Expósito/
Domingo Serafín Federico
(H. D.)

LUI

(Uno, 1943)

On cherche plein d'espoirs
le chemin que les rêves
ont promis à nos désirs ;
on sait que la lutte est cruelle et intense,
mais on lutte, on saigne
pour la foi qui nous hante.

On se traîne parmi les épines
et, dans le désir de donner de l'amour,
on souffre, on se détruit jusqu'à comprendre
qu'on va se retrouver sans cœur.
Prix de la punition qu'on donne
pour un baiser qui n'arrive pas
ou un amour qui nous a trompé,
épuisé déjà d'aimer et de pleurer
tant de trahison.

Si j'avais un cœur,
le cœur que j'ai donné,
si je pouvais comme hier
aimer sans me méfier...
Mes baisers peut-être
fermeraient tes yeux,
qui me crient leur amour,

sans penser à ceux qui leur ressemblaient,
à ces autres yeux pervers
qui ont noyé ma vie.

Si j'avais ce même cœur
que j'ai perdu,
si j'oubliais celle qui hier
m'a détruit
et si je pouvais t'aimer,
je m'accrocherais à ton illusion
pour pleurer ton amour...

Mais Dieu t'a mis sur mon chemin
sans penser qu'il était déjà très tard
et je ne saurais plus comment t'aimer...
Laisse-moi pleurer comme celui qui souffre
dans sa vie la torture de pleurer
sa propre mort.

Tu es si bonne, tu sauverais
mon espoir par ton amour.
Il est si seul dans sa douleur,
si aveugle dans sa peine.
Un froid cruel pire que la haine,
point mort des âmes, horrible
tombe de mon amour,
me maudit pour toujours et m'a volé
toute illusion.

Enrique Santos Discépolo/Mariano Mores
(H. D.)

FIANCÉE D'HIER

(Novia de ayer, años 40)

Tu sautes sur la nappe, hurlant une chanson,
Ivre, obscène, cruelle, sans pudeur tu te livres
Nue au cabaret, lourde d'alcool, morte de rire,
Et tes pas couchent les verres, piétinant tes illusions.

Folie de te reconnaître, fou je suis!
Simulacre d'une fiancée aimée...
Tu me vois: je tremble,
J'entends encore ton cri t'évanouissant...

As-tu pensé que j'étais là, debout,
Pour médire de ton honneur. Peut-être.
Non, loin de moi...

Ouvre les yeux: je sais que pour un pain,
Comme moi tu as tué en toi l'honneur...
J'ai surgi, là, pour que tu voies que je
Ne suis non plus devenu un roi: regarde.

Fiancée chérie, fiancée d'hier
Qu'est-ce que je retire à tant pleurer notre enfer,
Quoi de plus... Quoi de moins, la faim
Grava sur nous la grimace de nos rêves.

Paroles et musique d'Enrique Santos Discépolo

(Y. B.)

ON DIT DE MOI

(Se dice de mí, 1943)

On dit de moi...
On dit de moi...

On dit que je suis laid,
que je roule les épaules,
que je suis tordu et que j'avance
avec un air de défi,
que je ne suis pas sympathique,
que je suis un peu bègue
et qu'en plus d'être renfrogné
j'ai une bouche de crapaud.

Si je regarde Renée,
Louise ou Mimi,
les filles parlent
de moi.
Elles critiquent, est-ce que
j'ai perdu la ligne,
elles surveillent si je vais,
si je viens ou si je pars.
On dit que je suis laid
mais... si le bonhomme n'intéresse pas,
pourquoi perdre la tête
en s'occupant de moi ?

Je sais qu'elles sont nombreuses
à rabaisser, qui veulent acheter
et soupirent et meurent
quand elles pensent à m'aimer.
Et plus d'une
craque quand je soupire
et reste, si je la regarde,
soufflant comme une Ford.

Si je suis laid, admettons,
mais je ne suis pas encore au courant,
et en amour, je sais seulement
que j'en ai laissé tomber plus de dix.
On pourra dire, on pourra parler
et murmurer et critiquer,
mais la laideur que Dieu m'a donnée
beaucoup de Don Juan me l'envient,
et on ne dira pas que je me fais briller
parce que j'ai toujours été modeste.

Ivo Pelay/Francisco Canaro

(H. D.)

BRUINE

(Garúa, 1943)

Quelle nuit pleine de froid et de dégoût.
Le vent porte une étrange plainte,
la nuit ressemble à un puits d'ombre
et moi je marche lentement parmi les ombres ;
pendant que la bruine
enfonce ses pointes
dans mon cœur.

Dans cette nuit si froide et si mienne,
je m'abîme toujours dans les mêmes pensées,
et plus je voudrais la repousser,
plus la mépriser, plus l'oublier,
plus je m'en souviens.

La bruine, et seul et triste,
sur le trottoir, va ce cœur transi
par une tristesse de ruines...
Il ressent le froid car l'autre,
en m'oubliant lui a ouvert
un passage comme une fissure.
Perdu comme un fantôme dans l'ombre
où plus je la cherche, plus je la nomme.
Bruine, tristesse, même le ciel s'est mis à pleurer !

Quelle nuit pleine de froid et de dégoût.
On ne voit personne traverser le carrefour ;
dans la rue, la rangée de réverbères
fait briller l'asphalte d'une lumière blafarde,
je vais, comme un abandonné,
toujours seul, toujours à part,
et me souviens de toi.

Les gouttes tombent jusqu'au fond de mon âme,
jusqu'aux os, nus et gelés
et cette torture, humiliée, passe
comme passe le vent,
en me poussant.

Domingo Enrique Cadícamo/Aníbal Troilo

(H. D.)

OMBRES, RIEN DE PLUS

(Sombras, nada más, 1943)

Je voudrais m'ouvrir lentement les veines,
verser tout mon sang à tes pieds
pour pouvoir te prouver
que je ne peux pas aimer plus ;
et puis, mourir.
Et pourtant tes yeux bleus,
du bleu du ciel et de la mer,
vivent fermés pour moi,
sans voir que je suis là
perdu dans ma solitude.

Ombres rien de plus,
caressant mes mains,
ombres rien de plus,
dans le tremblement de ma voix.

J'aurais pu être heureux
et je suis mort-vivant
et je vis dans les larmes
les moments les plus affreux
de ce drame sans fin.

Ombres rien de plus,
entre ta vie et ma vie,
ombres rien de plus entre ton amour et mon amour.

Que ta présence a été brève dans ma lassitude,
que tes mains ont été tièdes, et ta voix,
ta lumière arrive comme un vers luisant
et dissipe l'ombre de mon coin ;
et je suis resté comme un feu follet, tremblant
sans le bleu de tes yeux de mer,
qui se sont fermés pour moi,
sans voir que je suis là
perdu dans ma solitude.

José María Contursi/Francisco Lomuto
(H. D.)

ET... TOUJOURS PAREIL

(Y... siempre igual, 1943)

Et toujours pareil, avec ces lumières blafardes.
Une cigarette et un café pour attendre.
Des bruits de dés, de paroles en sourdine
et un espoir qui roule sur le billard.
C'est toujours pareil, tous les rêves assis,
la soif de réussir, la soif de celui qu'on n'a pas pu
être...
Et toujours pareil, le téléphone est occupé
ou bien « Garçon... l'addition »...

L'attente, qui s'accoude à la table,
avec les triomphes qui tardent à venir;
l'échec, qui peint une tête
à cheveux blancs, pour qu'elle ne rêve plus.
Une bouffée, qui prétend au baiser...
Des souvenirs, à nom de femmes.
Poètes, moi aussi j'ai fait un vers.
Le vers que je ne lui dirai jamais!

Je retourne au café, je ne suis plus celui que j'étais;
les années peut-être, la fatigue ou est-ce que je sais,
je retourne au café et sur sa table de bois
je n'ai plus à risquer de nouveaux voyages d'illusions.

Et c'est toujours pareil, tous les rêves assis,
un nouvel auteur qui part à la quête aux lauriers.
C'est toujours pareil, le téléphone est occupé.
« Un express... Une noisette, une... »
Et « Garçon... l'addition ! »

Luis Caruso/Arturo Gallucci
(H. D.)

CAFÉ DES ANGELOTS

(Café de los Angelitos, 1944)

Je pense à toi, perdu dans la vie,
pris dans les filets du tabac,
devant un agréable souvenir qui fume,
et cette noire tasse de café.
Rivadavia et *Rincón*... Vieux recoin
d'une ancienne amitié, elle revient
et flirte avec sa couleur passée sur la table
qui se souvient des nuits d'hier.

Café des Angelots,
bar de *Gabino* et *Cazón*,
je t'amusais de mes cris
au temps de Carlitos,
par Rivadavia et Rincón...
Où sont-elles
les voix qui sont venues hier,
qui sont passées, qui se sont tues;
que des rêves ont emportées,
sur quelle étoile
seront-elles et par quelles rues
vont-elles revenir...

Quand les nuits pleuvent leur fraîcheur,
je reviens en ce même point du passé

et, de nouveau, s'assied à mes côtés
Bettinoti, la voix tremblante...
Et dans ce coin qui était le mien
la vie bâille sa fatigue,
parce que personne ne m'invite à la table
d'hier ?
Parce que tout est absence et adieux !

Paroles et musique de Cátulo Castillo
et José Francisco Razzano

(H. D.)

LE RÊVE DU GAMIN

(El sueño del pibe, 1945)

On a sonné à la porte de l'humble maison.
La voix du facteur s'est faite entendre clairement
et le gamin plein d'illusion en courant
sans le vouloir bouscule le petit chien blanc.

« Petite mère, petite mère », crie-t-il en approchant.
La mère, surprise, a laissé la lessive,
et le gamin lui dit en riant et pleurant :
« Le club m'a envoyé aujourd'hui la convocation. »

Petite mère,
Je vais gagner de l'argent,
je serai un Baldonedo[1],
un Martino[1], un Boyé[1].
Disent les copains de l'Ouest argentin
que je tire mieux
que le grand Barnabé[1].
Tu vas voir ce sera beau
quand là-bas sur le terrain
on applaudira mes buts...
Je serai un champion.
Je jouerai en cinquième division

1. Noms légendaires du football argentin.

puis en première.
Je sais que m'attend
la consécration.

Le gamin a dormi et fait cette nuit-là
Le plus beau rêve qu'il puisse faire.
Un stade plein. Un dimanche de gloire...
À la fin en première on le voit!
Zéro à zéro une minute avant la fin.
Il a frappé le ballon, calme dans l'action
les dribblant tous face au gardien
et, d'un tir tendu, il a marqué.

Reynaldo Yiso/Juan Puey

(H. D.)

NOUS AVONS ÉTÉ

(Fuimos, 1945)

J'ai été comme une pluie de cendres et de fatigues
durant les heures résignées de ma vie...
Goutte de vinaigre déversée
fatalement déversée sur toutes tes blessures.
Tu as été par ma faute hirondelle dans la neige,
rose fanée par le nuage sans la pluie.
Nous avons été l'espoir qui ne vient, n'arrive pas,
qui ne peut entrevoir le lent crépuscule.
Nous avons été le voyageur qui n'implore pas, ne prie pas,
qui ne pleure pas, qui s'est laissé mourir.

Va-t-en !
Tu ne comprends pas que tu me tues ?
Tu ne comprends pas que je t'appelle ?
Va-t-en !
Ne m'embrasse pas car moi je te pleure
et voudrais ne plus te pleurer.
Tu ne vois pas ?
C'est mieux que ma douleur
disparaisse avec ton amour,
libéré de mon dernier amour.
Va-t-en !
Tu ne comprends pas que je te sauve ?

Tu ne comprends pas que je t'aime ?
Ne me suis pas, ne m'appelle pas, ne m'embrasse pas,
ne me pleure pas, ne m'aime plus.

Nous avons été enserrés par l'angoisse d'un présage
dans la nuit d'un chemin sans issues,
pâles dépouilles d'un naufrage,
secouées par les vagues de l'amour et de la vie.
Nous avons été poussés par un vent désolé
ombres d'une ombre qui revenait du passé.
Nous avons été l'espoir qui ne vient pas, n'arrive pas,
qui ne peut entrevoir le lent crépuscule.
Nous avons été le voyageur qui n'implore pas, ne prie
pas,
qui ne pleure pas et s'est laissé mourir.

Homero Manzi/José Dames

(H. D.)

CHANSON DÉSESPÉRÉE

(Canción desesperada, 1945)

Je suis une chanson désespérée,
feuille affolée dans la tourmente ;
par ton amour, ma foi désorientée
s'est effondrée, brisant mon cœur.
En moi-même je me suis perdu,
aveugle, de pleurer cette illusion.
Je suis une question obsédante
qui crie sa douleur et ta trahison.

Pourquoi m'a-t-on appris à aimer ?
Si c'est pour jeter, sans raison,
les rêves à la mer ;
si l'amour est un vieil ennemi
qui attise les châtiments
et apprend à pleurer.
Je le demande, pourquoi ?
Oui, pourquoi m'a-t-on appris à aimer,
si mon amour est mort de t'aimer ;
atroce farce de donner tout pour rien,
et, à la fin d'un adieu,
de se réveiller en larmes.

Où donc était Dieu quand tu es partie ?
Où était le soleil qui ne t'a pas vue ?

Pourquoi une femme ne comprend-elle jamais
qu'un homme donne tout en donnant son amour ?
Qui leur a fait croire en d'autres destins ?
Qui défait ainsi tant d'illusions ?
Je suis une chanson obsédante
qui crie sa douleur et ta trahison.

Paroles et musique de Enrique Santos Discépolo

(H. D.)

BISTROT DE BUENOS AIRES

(Cafetín de Buenos Aires, 1947)

Tout petit, je te regardais, de l'extérieur
comme ces choses qu'on n'atteint jamais :
le nez sur la vitre.
Dans un bleu de froid
comme celui que j'ai connu,
plus tard dans ma vie.
Comme à l'école buissonnière
et, tout enfant, tu m'as donné en douce,
une cigarette,
la foi dans mes rêves
et un espoir d'amour.

Comment t'oublier, bistrot de Buenos Aires,
dans ma douleur,
tu es le seul dans cette vie
qui ressemblait à ma vieille ?
Mélange miraculeux
de crâneurs et de suicidés,
par toi j'ai connu la philosophie
les dés, les tripots...
Et la poésie cruelle
de m'oublier.

Tu m'as donné de l'or, une poignée d'amis,
les mêmes qu'allègent mes heures ;
José, le chimérique,
Martial, qui encore croit et espère,
et Abel le maigre qui nous a quittés,
mais nous sert encore de guide.
J'ai pleuré le soir de ma première déception
sur tes tables qui ne posent jamais de questions.
J'ai connu mes premières peines, j'ai bu mes années.
Et sans lutter, je me suis laissé aller.

Enrique Santos Discépolo/Mariano Mores
(H. D.)

EL CHOCLO[1]

(1947)

Avec ce tango le plus vantard, le plus moqueur
l'émotion de mon faubourg s'est donné des ailes ;
avec ce tango est né le tango, il est sorti
comme un cri de mon sordide faubourg vers le ciel.
Pour se garder d'un amour, il a crée la cadence
qui a ouvert des chemins sans autre loi que l'espoir,
mélange de rage, de douleur, d'absence et de foi
et qui pleure dans l'innocence d'un rythme joueur.

Par le miracle de tes notes ensorcelées
sont nées, sans y penser, les femmes et les filles ;
des flaques de lune se balancent sur les hanches,
et un désir féroce dans la manière d'aimer...

À t'évoquer, tango de mon cœur,
je sens trembler les lattes d'un bastringue
et j'entends les grognements de mon passé...
Et voici qu'aujourd'hui où je n'ai plus que ma mère,
je la sens venir sur la pointe des pieds pour
  m'embrasser
quand ton chant renaît au son du bandonéon...

1. L'épis de maïs.

Caracanfunfa[1] s'est fait une mer de ton drapeau
et dans un pernod il a mélangé Paris avec Puente Alsina ;
Tu as été le compagnon du casseur et de la fille,
l'entremetteur même du maquereau et de la pute.
Pour ton jeune Monsieur, la taule, la fainéantise, la misère
se sont faits la voix à naître dans ton destin...
Messe de jupons, essence, coupure et couteau,
toi qui as brûlé dans les taudis, dans mon cœur as brûlé.

Enrique Santos Discépolo/Ángel Gregorio Villoldo
(H. D.)

1. Le noceur ainsi nommé.

SUD

(Sur, 1948)

San Juan et le vieux Boedo et tout le ciel,
Pompeya et, plus loin là-bas, l'inondation,
ta chevelure de fiancée dans un souvenir,
et ton nom flottant dans l'adieu...
Le coin du forgeron, boue et pampa,
ta main, ton trottoir et le caniveau,
et un parfum d'herbes et de luzerne
qui me remplit de nouveau le cœur.

Sud... Un mur et après...
Sud... La lueur d'une buvette...
Tu ne me verras jamais plus comme tu m'as vu,
appuyé à la vitrine,
où je t'attendais...
Jamais plus je n'éclairerai d'étoiles
nos paisibles promenades,
dans les nuits de Pompeya...
Les rues et la lune des faubourgs
et mon amour à ta fenêtre,
tout est mort, je le sais...

San Juan et le vieux Boedo, ciel perdu,
Pompeya et, dès le terre-plein,
tes vingt ans tremblant de tendresse

sous le baiser qu'alors je t'ai volé.
Nostalgies des choses passées,
sable que la vie a emporté,
regret de quartiers qui ont changé,
amertume du rêve qui a disparu.

Homero Manzi/Aníbal Troilo
(H. D.)

LE DERNIER ORGUE DE BARBARIE

(El último organito, 1949)

Les roues crottées
du dernier orgue de Barbarie
arriveront dans l'après-midi.
Il cherche le faubourg
avec son maigre cheval,
un boiteux, un petit singe,
et un chœur de jeunes filles
habillées de percale.
À pas étouffés,
il choisira le recoin
où se mêlent les lumières
de la lune et des gargotes
pour que tournent les valses
derrière la petite niche
la pâle marquise
et le pâle marquis.

Le dernier orgue de Barbarie
ira de porte en porte
jusqu'à rencontrer la maison
de la voisine morte,
de cette voisine qui
s'est fatiguée d'aimer
et là il égrènera des tangos

pour que pleure l'aveugle,
l'aveugle inconsolable
du vers de Carriego
qui fume, fume et fume
assis sur le seuil.

Une boîte à musique blanche
le dernier orgue de Barbarie
et l'asthme de l'automne
libérera ses notes,
les têtes des petits anges
décoreront ses planches
et l'écho de son piano
sera comme un adieu.
Les fiancées enfermées
salueront son absence
en ouvrant les persiennes
après sa dernière chanson
et le dernier orgue de Barbarie
se perdra dans le néant
et l'âme du faubourg
restera sans voix.

Homero Manzi/Acho Manzi
(H. D.)

TOI, BANDONÉON

(Che, bandoneón, 1950)

L'envoûtement de ta voix, toi, bandonéon,
s'apitoie sur la douleur des autres ;
et le mouvement de ton soufflet paresseux
s'attache au cœur qui souffre le plus.
La petite Esther et Mimi, comme Ninon,
oublient leurs destinées de percale,
et finiront par porter
des linceuls de rayonne
à l'écho funèbre de ta chanson.

Bandonéon,
c'est aujourd'hui soir de fête
et je veux t'avouer la vérité,
verre à verre, peine à peine, tango à tango,
emballé dans la folie
de l'alcool et de l'amertume.
Bandonéon, à quoi bon tant l'appeler,
tu ne vois donc pas que le cœur oublie
et qu'elle revient nuit après nuit comme un chant
dans les notes de ta complainte,
toi, bandonéon... ?

Ton chant, c'est l'amour qui ne s'est pas donné
et le ciel qu'une fois nous avons rêvé,

et l'ami fraternel qui s'est noyé
en s'escrimant dans la tempête d'un amour.
Et ces désirs énormes de pleurer
qui nous inondent parfois sans raison...
Et la gorgée de liqueur
qui force à ne pas oublier
que l'âme est hors du jeu, Che Bandonéon.

Homero Manzi/Aníbal Troilo
(H. D.)

OR ET ARGENT

(Oro y plata, 1951)

Il t'a offert un broche d'aigue-marine et un sterling.
Ton noir, lui était très pauvre et n'a jamais eu un sou pour l'amour.
Un métis bien habillé pour ton malheur t'a convaincue.
Je dis qu'une mulâtre est tombée amoureuse pour de l'or et de l'argent.

Ay,
battre et battre
et la peau du tambour bat
avec des mains de chocolat
le noir qui l'a perdue.
Rouler et rouler
comme roule la monnaie
avec ses robes de tulle et de soie
la noire qui lui mentait.
Tous les cuirs sonnent
mais ses yeux pleurent
car un métis au col dur
cigare au bec
te l'a levée.

Ay,
Continuer et continuer...

Ne souffre pas, ne la maudis pas,
car le ciel lui aussi punit
le péché d'ambition.
Les mains sur le tambour
tandis que ta peine pleure et pleure,
je me dis que ton cœur
est un trésor
d'argent et d'or.

Homero Manzi/Charlo
(H. D.)

POT-AU-FEU DE POULE

(Pucherito de gallina, 1951)

Pour mes vingt printemps je suis venue à la ville,
j'ai débuté à *Corrientes* et *Maipú*.
Aux bras d'hommes malins et friqués
j'ai voulu gaspiller ma jeunesse.
J'ai appris là ce que c'est qu'un noceur.
On m'a appris qu'il ne faut jamais reculer.
Je me suis faite de maigres tristesses et de mélo
et entre autres choses il m'arrivait de chanter.

Cabaret, *Tropezón*[1]
l'éternelle routine.
Pot-au-feu de poule
avec un vin vieux ordinaire.
Cabaret, coup de foudre,
l'amour à chaque coin de rue.
Les uns attendent la fille
pour prendre un chocolat;
d'autres biscuits et maté
et la fuite pour départ.

J'ai chanté au temps du vieux *Parque Goal*[2],
Dans les dancings du bas Leandro Alem[3]

1. *Tropezón* : cabaret aujourd'hui disparu.
2. *Parque Goal* : bistrot.
3. Leandro Alem : avenue au bord du Río de la Plata, autrefois quartier de mauvaise réputation. Voir note 1, p. 116.

où venaient les filles bien des sales maisons
et les sales filles des maisons bien.
Avec mes vingt printemps je suis venue à la ville,
J'ai débuté à *Corrientes* et *Maipú*...
Les années ont passé et je me retrouve aujourd'hui
Sans la chaleur du foyer, sans famille ni jeunesse.

Paroles et musique de Roberto Medina
(H. D.)

LE PATIO DE LA BRUNE

(El patio de la morocha, 1951)

Patio de la brune
tu avais dans le temps
une fraîcheur d'ombre
comme sous un auvent.
Sur ton pauvre parterre
de vieilles briques
contre ma triste poitrine
ses yeux noirs
qui disent adieu...
qui disent adieu...

Au souvenir de ce tango
je me mets à la revoir.
Au souvenir de ce tango
folâtre qui me parle d'elle.
C'était peut-être le patio, la verveine
qui m'appelaient.
Et sa frimousse d'illusion qui pointait...
Et dans le giron de quelque belle
demi-lune, son visage brun
qui me regardait.

Heureux moments de vie qui fait souffrir
comme une blessure.

Pauvre reste de rêve qui, là,
n'a pas de maître.
L'âme est tombée en morceaux
quand ses yeux, ingrats, après avoir
demandé plus d'amour, m'ont échappé.
Brune créole de ce temps-là...
Tango douceâtre de banlieue
qui reproche, cruel, à mon cœur
l'absence de la brune
et du vieux patio que j'aime.

Paroles et musique de Cátulo Castillo
et Mariano Mores

(H. D.)

MON PATIO

(Patio mío, 1951)

Le ciel désolé contemple
ton histoire de briques et de portail,
le cœur modeste, égratigné,
avec ce profil de tango et de hangar...
Le grand mur t'a peut-être vu
avec ta douleur coincée dans la vieille rue,
et tu restes dans ce coin de rue du passé
à côté de l'angle et de la boîte aux lettres...

Mon patio
où maman me servait le maté,
où le doux tango tressait
chaque nuit son défi...
Mon patio,
du petit linge pendait,
des copains sifflaient
et la pègre brave...
soûle de forte eau-de-vie;
mon patio.
Je sais qu'un jour tu disparaîtras...
Mais, tu l'emporteras sur le sort
Et tu iras chercher la mort
Pour ne plus la quitter.

Les compères à taillole et à foulard te regrettent
Et le chanteur sentimental te pleure...
La pâle jupe de percale danse,
parmi les ombres, son tango de faubourg...
Comme un voyou blessé au tournant de la rue,
un géranium saigne entre les briques,
et pour te sauver de l'oubli, patio,
un bandonéon répand sa prière des morts.

Cátulo Castillo/Aníbal Troilo

(H. D.)

LE BISTROT

(La cantina, 1954)

La lune a argenté la rivière,
il y a un bateau qui revient de la mer
avec un doux morceau de ciel,
avec une vieille poignée de sel.
Hirondelle perdue dans le vent,
par quelle lointaine rue ira-t-elle,
avec un verre d'alcool et de peur,
derrière la vitre embuée d'un bar.

Le bistrot,
il pleure toujours à t'évoquer
l'Italien, quand il joue, piano,
piano, de son accordéon.
Le bistrot
qui est un peu de la vie
où tu étais cachée
derrière le creux de ma main.

De ma main,
qui t'appelle silencieuse,
papillon qui m'a laissé
sur la bouche, au passage,
Oui,

m'a laissé sur la bouche
son goût salé de mer...

La lune s'est endormie sur les cordages ;
un tango pleure son triste verre,
entre un peu de vent et d'écume,
parvient l'écho fatal de ta voix.
Tarentelle de la barque italienne.
Le bistrot est maintenant joyeux,
pourtant je sens pleurer au loin
ton souvenir vêtu de gris.

Cátulo Castillo/Aníbal Troilo

(H. D.)

LE DERNIER VOYOU

(El último guapo, 1958)

Le galure tiré sur l'œil,
un rien de tango dans la démarche,
sans se presser, le regard en coin,
le dernier voyou atteindra le faubourg.
Il entrera par la ruelle étroite
et, en passant devant le vieux portail,
il sifflera pour qu'elle vienne au rendez-vous
la gamine qui tient son cœur.

Le réverbère perdu,
la ruelle sans issue
et la cour fleurie
sortiront de l'oubli,
de nouveau à la vie.
La buvette des ivrognes,
la lune sur le poignard.
Une caresse et un baiser
feront ressurgir
le vieux faubourg.

Avec le pur grognement du soufflet
et deux guitares qui poussent à côté,
une autre fois, pour le vieux bal,
le dernier voyou sera le plus admiré.

Il jouera sa vie avec mépris
pour le reflet d'une percale fleurie
et s'en ira sans avoir été blessé,
le dernier voyou du vieux faubourg.

Abel Aznar/Riel
(H. D.)

AMOUR DE MARIN

(Amor de marinero, 1958)

Dans ce verre de pernod se tiennent ses yeux,
dans cette fumée gris bleu mon rêve mort ;
dans cette aube rouge ses lèvres rouges,
et la barque de l'oubli, qui se balance sur le port.

Dans un instant, avec son nom, son souvenir,
je devrai partir pour ne plus revenir ;
alors mon âme de Pierrot veut un autre pernod
avec les reflets de ses yeux verts comme la mer.

Versez… Versez… garçon,
un autre verre d'amertume,
pour voir dans ma folie
ces yeux que j'aime.
L'amour d'un marin :
tant de désillusion…
Ne peuvent le croire sincère…
Versez, versez… garçon…
un autre verre de liqueur.

Cette fois-là, ça n'a pas été sa faute, ni la mienne ;
on en raconte tant sur l'amour d'un marin,
qu'elle a eu peur de croire que je l'aimais ;
et je lui pardonne, pour ça, pour ça, je l'aime.

Pour ça aussi chaque verre que je bois
aura le reflet de ses yeux verts comme la mer ;
je continuerai avec mon pernod, et mon rêve de
Pierrot,
dans l'oubli de mon bateau d'outre-mer.

Roberto de Wilde-Marcelino (Cholo) Hernandez/
Dante Gilardoni

(H. D.)

JE NE T'AIME PLUS

(No te quiero más)

Je ne t'aime plus.
Je ne peux plus te voir,
je fais la noce,
et maintenant, j'ai un autre amour...
C'est la vie, tu n'y peux rien ;
je ne veux plus souffrir
à cause d'une femme.

Ça ne me fait plus rien que tu danses à demi nue,
ni que tu me dises que ton amour est un miché,
ni que tu me trompes quand tu reviens le matin :
il faut savoir accepter les caprices d'un ami...
Oublie complètement que j'ai existé
et si la foire t'entraîne dans un cabaret
et que tu m'y rencontres
pense toujours
que je ne peux plus t'aimer.

Je ne t'aime plus
comme je t'aimais.
Dieu sait où est passée
ma passion.

Mon bonheur commence
à renaître.
Que je suis tranquille maintenant
de ne plus recommencer à aimer.
Toi, petite, tu suis un mauvais chemin,
à la longue il marquera ta perdition.
Qui se conduit mal, finit mal, et ton destin
torturera mon pauvre cœur.
Un jour, hautaine, tu pleureras les amours
que tu méprises aujourd'hui, sans penser
à cet ami
qui t'aimait
et qui ne t'aime plus.

Je ne t'aime plus.
Je ne peux plus te voir,
je fais la noce,
maintenant j'ai un autre amour...
C'est la vie, on n'y peut rien!
je ne veux plus souffrir,
et c'est pour ça que je veux boire.

Paroles et musique de Juan Bauer
(H. D.)

MON BUENOS AIRES CHÉRI

(Mi Buenos Aires querido, 1962)

Assis au bord d'une chaise défoncée,
nauséeux, malade, à peine vivant,
j'écris des vers tout d'abord pleurés
pour la ville où je suis né.

Il faut les trouver, ici aussi
sont nés mes tendres enfants
qui t'apportent tant de douceur parmi tant de peine.
Il faut apprendre à résister.

Ni à s'en aller ni à rester,
à résister,
même s'il est sûr
qu'il y aura plus de peine et d'oubli.

Juan Gelman/Juan Carlos Cedrón
(H. D.)

UN MONDE NOUVEAU

(Un mundo nuevo, 1965)

Avançons, petite, dans la rue
et ne laissons pas tomber,
même si ça ne marche plus.
Tiens-moi le bras bien fort et avançons,
car j'ai aujourd'hui un autre monde,
différent, à t'offrir.

J'ai un mois sans fin de mois.
Un travail sans patron.
Un endroit pour nous deux.
L'envie de t'aimer.
Beaucoup de lumière à partager.
Au filet, j'ai pris le voleur
de ton sang, et de mon sang.
Une vie qui donne envie de la vivre,
parce que je n'en peux plus
qu'on me bouscule.
J'ai déjà tout ça.
Tout ça, et tu verras.
Car je sais où est le soleil
et je vais lutter pour lui.
Avançons, petite, et ne me dis pas
que ça ne vaut pas la peine,
pour ça, de se risquer.

Oubliant les trappes de la vie
et tant de choses tristes
qu'il faut oublier.

Héctor Negro/Osvaldo Avena
(H. D.)

DANSE UN TANGO, RICARDO!

(Bailate un tango, Ricardo, 1966)

Je pousse le bord de ma vie pour l'approcher de ta mort.
La vie en fait est la chance qui est donnée pour le retard
paresseux né de la mort, et moi je suis celui qui brûle
de crier très fort, très fort, danse un tango, Ricardo!

(*Ricardo Güiraldes*[1] danse et l'ange du souvenir l'accompagne,
il s'offre un coup de hanche et fait un double pont
en soulignant Buenos Aires le faubourg avec Pampa et tango).

Danse un tango, Ricardo! Regarde celui qui te le demande!
car ce n'est pas une bagatelle... Ce garçon est le troubadour,
celui de la *Crencha Engrasada*[2]... *De la Púa*, aujourd'hui il t'invite,
Danse un tango, Ricardo!

1. Ricardo Güiraldes: écrivain argentin et grand danseur de tango.

2. Carlos de la Púa (Carlos Raúl Muñoz, « el Malevo »): journaliste, écrivain, fréquentait les cercles littéraires. Ami de Ricardo Güiraldes. *La Crencha Engrasada* (La crinière crasseuse), recueil de tangos.

Ricardo Güiraldes danse en sortant de la vie...
Dans la danse il emporte, endormie, comme autrefois les femmes,
la mort qui murmure perdue dans la veille,
Danse un tango, Ricardo !

Ulises Petit de Murat/Juan D'Arienzo
(H. D.)

BALLADE POUR UN FOU

(Balada para un loco, 1969)

(Récité)

Les soirées de Buenos Aires ont un je-ne-sais-quoi, tu vois ? Tu sors de chez toi, sur Arenales[1]. Comme toujours : dans la rue et en toi… Quand, tout d'un coup, de derrière un arbre, j'apparaîs… Mélange rare d'avant-dernier clochard et de premier polisson en voyage pour Vénus : demi-melon sur la tête, rayures de la chemise peintes sur la peau, deux semelles clouées aux pieds et un drapeau de taxi libre levé dans chaque main. Tu ris !… Mais tu es seul à me voir ; parce que les mannequins me font des clins d'œil, les feux verts me donnent trois lumières célestes et les oranges du primeur du coin de la rue me lancent des fleurs d'oranger. Viens ! ainsi moitié dansant moitié volant, je soulève le melon pour te saluer, je t'offre un drapeau et je te dis :

(chanté)

Je sais déjà que je suis dingue, dingue, dingue…
Tu ne vois pas la lune qui va rouler sur Callao[1] ;

1. Arenales, Callao : rues du centre de Buenos Aires. Le tango a changé de quartiers.

qu'un cortège d'astronautes et d'enfants, sur une valse,
dansent autour de moi... Danse! Viens! Vole!

Je sais déjà que je suis dingue, dingue, dingue...
Je regarde Buenos Aires du nid d'un moineau;
Et toi je t'ai vue si triste... Viens! Vole! Sens!...
Je suis follement toqué de toi:

Fou! Fou! Fou!
Quand la nuit tombera sur ta solitude porteña,
Sur le bord de ton drap je viendrai
Avec un poème et un trombone
Pour réveiller ton cœur.

Fou! Fou! Fou!
Comme un acrobate dément je sauterai,
dans l'abîme de ta poitrine jusqu'à sentir
que j'affole ton cœur de liberté...
Tu vas voir!

(récité)

Allons voler, ma chérie;
Grimpe à mes illusions à toute vitesse,
et nous allons parcourir les corniches
avec une hirondelle dans le moteur!
Depuis Vieytes[1] ils nous acclament: « Bravo! Bravo! »,
les fous qui ont inventé l'Amour;
Et un ange et un soldat et une enfant
nous offrent un petit air de valse à danser.

Les gens aimables viennent nous saluer...
Et fou — mais ton fou —, que sais-je!:

1. Vieytes: Hôpital psychiatrique.

je fais entendre mon rire de carillon,
et, à la fin, je te regarde, et chante à mi-voix :

(chanté)

Aime-moi comme je suis, dingue, dingue, dingue...
Accroche-toi à cette tendresse de fou qu'il y a en moi,
Porte cette perruque d'alouette, et vole !
Vole avec moi, oui ! Viens, vole, viens !

Aime-moi comme je suis, dingue, dingue, dingue...
Ouvre-toi à l'amour que nous allons essayer
la totale folie magique de revivre.
Viens ! Vole ! Viens ! Tra-la-la-larida !

(crié)

Bravo ! Bravo ! Bravo !
Elle folle et moi fou...
Fous ! Fous ! Fous !
Elle folle et moi fou...
Fous ! Fous ! Fous !
Elle folle et moi fou.

Horacio Ferrer/Astor Piazzolla
(H. D.)

LA RAGE DU PORTEÑO

(La bronca del porteño, 1976)

Qui ne connaît le porteño
quand il se met en colère ;
s'il s'emballe comme un camion
personne ne peut l'arrêter !...
La rage est un explosif ;
de l'air dynamité
que le porteño a respiré
et qu'il doit évacuer.
Je ne sais pas pourquoi la rage
se promène en bus.
Il n'y a pas de type plus agressif
quand il doit voyager !
Il est toujours insatisfait,
avec ou sans motif,
parce que c'est la rage, mon ami,
une industrie nationale !

La rage !
Le lundi matin,
elle gouverne le boulot et tout devient gris,
la rage !
Elle ne se repose même pas le dimanche,
elle va sur les stades, aux courses, elle est la patronne
du pays !

La rage!
Devant le fait transcendantal
elle s'endort indifférente et ne sait pas réagir,
je pense,
celui qui râle n'est pas celui qui ronfle,
pourquoi ne pas nous enrager
pour quelque chose de fondamental!

Il n'y a pas de thérapie pour ça,
on ne peut rien contre le génie,
la rage est dans le porteño
comme le sel dans la bouffe,
laisse-la se dégonfler,
laisse-la enfler,
et si, à la fin, elle ne tue pas même une mouche,
c'est purement sentimental.

Paroles et musique d'Eladia Blázquez
(H. D.)

DEBOUT

(En pie, environ 1976)

Je suis debout, par habitude de m'engager,
parce que j'ai appris à la dure à me tenir ;
il y a mille chemins pour marcher,
je ne veux plus reculer
dans cette lutte pour arriver,
dans le désir de réussir.
Chaque matin étrenne un nouveau jour
et moi mon courage têtu
et je réponds au miracle d'être vivant
en m'inventant une raison pour aimer.
Ma vie est avant tout
une page muette d'héroïsme,
l'effort de me soutenir
et le désir de me tenir moi-même debout
devant la poigne du sort,
debout.
Face à la vie et à la mort
et si un jour la douleur
détruit ma foi,
comme un arbre, je mourrai debout.
Je suis debout, je ne suis pas étonné, je ne souffre pas,
j'ai bu le fiel mais j'ai aussi goûté le miel.
Quand le destin m'a poussé
et que j'ai succombé à l'échec

un nouvel élan m'a grandi
et j'ai ressuscité dans les cendres.
Pour habiller mon sang goutte à goutte
sans m'occuper du triomphe ou de la déroute,
pour assumer le compromis de la vie,
l'âme bien endurcie, avec courage.

Paroles et musique d'Eladia Blázquez
(H. D.)

ANCIEN TORTONI

(Viejo Tortoni, 1979)

Il me semble que la loge égrène des souvenirs,
que dans le bas de l'Avenue se montrent, peut-être,
les bohèmes d'autrefois et que reviennent
ces bastions du vieux café.
Tortoni d'aujourd'hui, un autre temps t'habite...
Et un écho proche de voix d'autrefois
s'accoude aux tables, aimable habitué.

Vieux Tortoni,
refuge fidèle
de l'amitié à côté de la tasse de café.
Dans ce sous-sol d'aujourd'hui la magie demeure
et un lutin nous reçoit dès l'entrée.

Vieux Tortoni, dans ta couleur
restent *Quinquela*[1] et le poème de *Tuñón*[2]...
Et le tango celui de Filiberto
comme toi, il n'est pas mort,
il vit sans dire adieu.

1. *Quinquela Martín* : peintre. Plusieurs de ses tableaux montrent le paysage de La Boca, quartier du port et du tango.
2. *Tuñón* (Enrique González Tuñón) : poète.

Il me semble entendre la voix de *Carlitos*[1]
dans ce Bistrot qui revient à la vie,
que là se retrouvent *Baldomero*[2] et cette infinie
ferveur du Cercle, qui viennent jusqu'ici.

Tortoni de maintenant, si jeune si antique,
avec un quelque chose du temple, du relais et du bar.
Atterrissage bleu, si le feu est le même
qui peut dire qu'il est inutile de rêver.

Héctor Negro/Eladia Blázquez
(H. D.)

1. *Carlitos* : Carlos Gardel.
2. *Baldomero* (Fernández Moreno) : poète.

TA PEAU SOUS LA LUNE

(Tu piel bajo la luna, 1980)

Nue elle s'est donnée
lorsque ma voix
a cherché sa peau
sous la lune.

Doux abandon, enfin —
donnant
            riant
                    aimant
se donnant à la rencontre de la lumière.

Rythme délirant,
obscurité,
les corps cherchent
leur au-delà.

Sombre conjonction de soif et de solitude,
bouches qui boivent une eau de paix.
Mais l'amour est un combat sans merci,
une lutte de fièvre, de feu et de fiel.

Tes lèvres
Me cherchent, me brûlent.

Nue je t'ai prise
sous cette lune
qui nous a donné son miel —

Nous embrassant, délirante rencontre.
Le feu d'un souffle
nous a brûlés,
combat de fleurs,
jeu de l'amour.

Jamais ne s'éteind le plaisir
de perdre ce qu'on trouve.

Peau de femme, cri bleu
quand un baiser lui donne vie.

Et dans ma poitrine, la floraison
d'un rosier pour ton jardin —
Nue elle s'est donnée
lorsque ma voix
a cherché sa peau
sous la lune.

Julio Cortázar/Edgardo Cantón
(G. J.)

DOSSIER

NOTES

Page 27. El llorón (Le pleurnichard)

1890-1937. — Exemple de la circulation des tangos dans le temps ; l'origine de *El llorón* remonte à 1890. Le bandonéoniste Juan Maglio (Pacho) l'exécute, il est selon lui d'un auteur inconnu (peut-être Villoldo). Des années plus tard, *El llorón* réapparaît, avec un arrangement musical signé par Ambrosio Radrizzani (ou par Juan Maglio, selon d'autres sources). En 1937, Rodrigo Firpo réalise un nouvel arrangement et demande à Cadícamo d'écrire les paroles. Chanté alors par Charlo, ce fut un succès, qui dure toujours.

Page 29. La morocha (La brune)

1905. — Paroles d'Ángel Gregorio Villoldo, musique d'Enrique Saborido. Villoldo avait déjà mis en place quelques-uns des éléments fondamentaux de la majorité des tangos (la ville, la crânerie, la fille, l'argot), il introduit ici d'autres thèmes (la campagne, la tendresse, le langage paysan, le gaucho). D'autres tangos viendront sur la même trame : une parodie, une réponse, une suite.

On ne connaît pas exactement la date de la première gravure, probablement en 1906. Le tango, dont il existe des versions plus ou moins longues, était si célèbre que dans plusieurs cas avérés, il a remplacé l'hymne national argentin dans le répertoire limité de certains orchestres officiels étrangers.

Page 30. LA CUMPARSITA (La petite fanfare)

1916. — Paroles de Pascual Contursi et Enrique Pedro Maroni, musique de Gerardo Matos Rodríguez. Il existe d'autres paroles proches, sur le thème, et une version en anglais. D'abord *la comparsita*, venu de Montevideo, il devient un véritable tango en 1924 lorsque Carlos Gardel l'enregistre. Très vite le tango le plus diffusé de tous les temps, le plus connu, le plus reconnu (mais pas vraiment le meilleur !), après avoir été créé au cours du spectacle *Un programa de Cabaret*. En 1947, Antonio Momplet dirige le film qui porte ce même nom.

Page 32. MI NOCHE TRISTE (Ma triste nuit)

1916. — Paroles de Pascual Contursi, musique de Samuel Castriota. D'abord diffusé à Montevideo. Premier tango chanté et gravé par Carlos Gardel, dit-on. On peut l'entendre et le voir dans plusieurs productions (en 1918, par exemple, dans le spectacle *Los dientes del perro* — Les dents du chien —, en 1952, dans le film *Mi noche triste*, de Lucas Demare ; en 1940, dans *Carnaval de antaño* — Carnaval d'autrefois —. Considéré comme le premier texte de tango, celui par lequel le *tango-chanson* rejoint le *tango-musique* et le *tango-danse*, avec les caractéristiques souvent accolées au genre (une histoire intime, sur une constatation de la vie quotidienne, le plus souvent triste). Écrit en dizains octosyllabiques, forme très courante chez les *troubadours* de la pampa ; le rythme reste très proche de celui de la *milonga*. Il existe un « Mi noche alegre », réplique humoristique, et une parodie pornographique extrêmement populaire.

Page 34. LA MADRUGADA (L'aube)

1917 — Paroles et musique de Saúl Salinas. Gravé à Buenos Aires, destiné au duo Gardel-Razzano. La date est incertaine. Accompagné à la guitare par José Razzano et José *el negro* Ricardo.

Page 36. EL CHIMANGO (Le Corbeau)

Vers 1918, date incertaine. — Paroles de Florencio Iriarte, musique de Juan Canavesi. Imprégné de *lunfardo*, quelquefois chanté par des femmes en vêtements masculins.

Page 37. MILONGUITA (Entraîneuse)

1920 — Parole de Samuel Linning, musique d'Enrique Pedro Delfino. Créé lors de la première de *Delikatessen Hause*, en mai 1920. Carlos Gardel l'a gravé peu après.

Page 39. MARGOT

1921 — Paroles de Celedonio Esteban Flores, musique de José Ricardo. La musique aurait existé depuis 1919. Premier tango dans lequel Gardel s'éloigne de la formule rythmique de la milonga.

Page 41. GRISETA (Grisette)

1924 — Paroles de José González Castillo, musique d'Enrique Pedro Delfino. On reconnaît quelques personnages des *Scènes de la vie de bohème*, et autres.

Page 43. LA MINA DEL FORD (La fille à la Ford)

1924 — Paroles de Pascual Contursi et Enrique Pedro Maroni, musique d'Antonio Scatasso et Fidel del Negro. Chanté une première fois dans la comédie *Un programa de cabaret* ; gravé la même année par Carlos Gardel. Les voitures apparaissent à Buenos Aires dans les années 20, comme ailleurs symbole démonstratif d'une réussite sociale.

Page 45. A MEDIA LUZ (Lumière tamisée)

1924 — Paroles de Carlos César Lenzi, musique d'Edgardo Donato. Créé à Montevideo, dans le spectacle *Su majestad la Revista*. Interprété par Carlos Gardel en 1926. Succès international proche de celui de *La cumparsita* ou de *Adiós muchachos*.

Page 47. LANGOSTA (Criquet)

1925 — Paroles de Juan Andrés Bruno, musique de Juan de Dios Filiberto. Gravé par Carlos Gardel en 1925.

Page 49. TIEMPOS VIEJOS (Temps anciens)

1926 — Paroles de Manuel Romero, musique de Francisco Canaro. Très souvent enregistré et utilisé dans plusieurs films. Une abondante littérature accompagne ce tango jusqu'à nous.

Page 51. QUE VACHACHÉ (On n'y peut rien)

1926 — Paroles et musique d'Enrique Santos Discépolo. Nombreuses interprétations, après un début difficile en Uruguay. Interdit par le ministère de la Marine en février 1929.

Page 53. EL CIRUJA (Le chiffonnier)

1926 — Paroles de Francisco Alfredo Marino, musique d'Ernesto Natividad de la Cruz. Célèbre pour la quantité de termes de *lunfardo*, l'argot des quais, qu'il emploie ; victime, à ce titre, de la censure radio.

Page 55. CAMINITO (Petit sentier)

1926 — Paroles de Gabino Coria Peñaloza, musique de Juan de Dios Filiberto. En hommage à Filiberto, le nom de ce tango fut donné à une rue, aujourd'hui célèbre, du quartier de La Boca, à Buenos Aires.

Page 56. ADIÓS, MUCHACHOS (Adieu, les copains)

1927 — Paroles de César Felipe Vedani, musique de Julio César Alberto Sanders. Inscrit dans la discographie de nombre de grands interprètes. Succès mondial. Plusieurs films reprennent le thème ou intègrent le tango. *Privilegio de mujer* — Privilège de femme —, de Charles Vidor, notamment.

Page 58. LA ÚLTIMA CURDA (La dernière cuite)

1927 — Paroles de Cátulo Castillo, musique d'Aníbal Troilo. Gravé en juin 1927 par Carlos Gardel. Tango remarqué dans la série « Tristesse, alcool et Cie » !

Page 60. SE PASÓ TU CUARTO DE HORA (Ton heure est passée)

Paroles de Carlos A. Petit, musique de Rodolfo Sciammarella.

Page 62. CHE, PAPUSA, OÍ (Toi, la belle, écoute)

1927 — Paroles de Domingo Enrique Cadícamo, musique de Gerardo Hernán Latos Rodríguez. Créé à Montevideo. Comme dans plusieurs tangos, des termes empruntés au français : *prisé, miché, cachet...*

Page 64. YIRA, YIRA (Rôde, rôde)

1927-1930 — Paroles et musique d'Enrique Santos Discépolo. Écrit en 1927, il sort en 1930, après une réécriture. Inclus dans un court-métrage d'Eduardo Morera, premier film argentin avec le son, et dans *La vida es un tango*, de Manuel Romero. Discépolo, observateur critique et constant de la situation économico-politique et sociale, donne ici à entendre les désespoirs et l'amertume des pauvres, dans les remous de la grande crise (1929).

Page 66. TE ACONSEJO QUE ME OLVIDES (Je te conseille de m'oublier)

1928 — Paroles de Jorge Curi, musique de Pedro Maffia. Gravé en septembre 1928. Plus tard chanté par Carlos Gardel.

Page 68. GARUFA (Le noceur)

1928 — Paroles de Roberto Fontaina et Víctor Soliño, musique de Juan Antonio Collazo. Écrit et composé à Montevideo, chanté dans le cadre du fameux groupe *Los Atenienses*. Repris en 1950, dans le film de Julio Saraceni *La barra de la esquina* (Les copains du coin).

Page 70. SE VIENE LA MAROMA (La corde arrive)

1928 — Paroles de Mario Batistella et Manuel Romero, musique de Enrique Delfino.

Page 72. AGUA FLORIDA (Eau fleurie)

1928 — Paroles du poète uruguayen Fernán Silva Valdés, musique de Ramón Collazo. Le parolier a plus tard déclaré :

« Je voulais déplacer le tango un peu vers le passé, vers le bon vieux temps du tango primitif, créole, c'est pourquoi j'ai évoqué l'ambiance disparue des académies, des servantes amidonnées et des "medias lunas" » (figure du tango). Le dernier mot du texte, en espagnol, « perigundin » est d'origine génoise.

Page 74. PACKARD

1928 — Paroles de Carlos de la Púa, musique de Edmundo Rivero. Texte riche de *lunfardo*, extrait de *La Crencha Engrasada* (La crinière crasseuse).

Page 75. SEGUÍ MI CONSEJO (Suis mon conseil)

1928 — Paroles d'Eduardo Trongé, musique de Salvador Merico. Gravé par Carlos Gardel en 1929. Chanté pour la première fois en août 1928, par Olinda Bozán, vedette de la comédie musicale, qui savait transformer les paroles comiques ou picaresques en saynètes drôles.

Page 77. MUÑECA BRAVA (Poupée fière)

1928 — Paroles de Domingo Enrique Cadícamo, musique de Nicolás Luis Visca. Gravé par Carlos Gardel en juin 1929. Face à la *francisation* d'une partie de la société argentine, forte, à l'époque, dans les milieux du tango.

Page 79. BRUMAS (Brumes)

Paroles d'Enrique Cadícamo, musique de Juan D'Arienzo.

Page 81. MALEVAJE (La canaille)

1928 — Paroles d'Enrique Santos Discépolo, musique de Juan de Dios Filiberto. Présenté dans la revue *Fiesta de tango* en septembre 1928. Nombreux enregistrements. Repris dans *Tango!* en 1933, le premier film de long métrage, avec son, réalisé en Argentine.

Page 83. CHORRA ! (Voleuse)

1928 — Paroles et musique d'Enrique Santos Discépolo. Divers enregistrements dont un de Carlos Gardel le 23 juillet

1928. Le « 33 », commissariat du quartier de Belgrano, *La camorra*, la Mafia. En février 1929, le tango fut censuré par le ministère de la Marine. Le mot « humoriste » n'entre qu'en 1914 dans le dictionnaire académique argentin.

Page 85. ESTA NOCHE ME EMBORRACHO (Cette nuit, je me saoule)

1928 — Paroles et musique d'Enrique Santos Discépolo. Plusieurs versions connues. Repris dans le film *Carnaval de antaño* (Carnaval d'autrefois), dirigé par Manuel Romero. Ce tango fut interdit de diffusion radio, à la demande du ministère de la Marine, en 1929. Le suicide est plusieurs fois évoqué dans les tangos de Discépolo.

Page 87. AVE NEGRA (Oiseau noir)

1929 — Paroles de Dante A. Lineyra, musique de O. Cruz Montenegro. Enregistré pour la première fois en décembre 1929. Les « oiseaux noirs » sont évidemment les hommes de loi, juges, procureurs, avocats. En 1916, 74 % des députés étaient des avocats ; il y en avait 86 % chez les sénateurs.

Page 89. LA PULPERA DE SANTA LUCÍA (La patronne de Santa Lucía)

1929 — Valse. Paroles de Héctor Pedro Blomberg, musique de Enrique Maciel. Nombreuses versions enregistrées, souvent très dissemblables. Les paroles s'appuient sur les événements historiques qui opposent les mouvements contestataires des années 1840-1842 au chef politique du pays, Juan Manuel de Rosas.

Page 91. MISA DE ONCE (Messe de onze heures)

1929 — Paroles d'Armando José María Tagini, musique de Juan José Guichandut. Chanté par Carlos Gardel, dès septembre 1929.

Page 93. GIUSEPPE EL ZAPATERO (Giuseppe le cordonnier)

1930 — Paroles et musique de Guillermo del Cianco. L'auteur, bandonéoniste réputé, fit appel à son ami d'enfance Carlos Gardel pour promouvoir son tango.

Page 95. MADRESELVA (Chèvrefeuille)

1930 — Paroles de Luis César Amadori (directeur de cinéma), musique de Francisco Canaro. Chanté pour la première fois en 1931. Repris en 1938, dans un film homonyme de Libertad Lamarque.

Page 97. ANCLAO EN PARÍS (À l'ancre à Paris)

1931 — Paroles de Domingo Enrique Cadícamo, musique de Guillermo Desiderio Barbieri. Nombre de musiciens argentins se retrouvaient sans le sou à Paris, coincés. Cadícamo est à Paris, Gardel à Nice, lorsque ce texte est écrit (selon une autre version Cadícamo est à Barcelone, Gardel à Paris !).

Page 99. OTARIO QUE ANDÁS PENANDO (Idiot qui vas avec ta peine)

1931 — Paroles d'Alberto Vacarezza, musique d'Enrique Delfino. Créé au cours de la petite comédie *Soy el payaso Alegría* (Je suis le clown Joie), en octobre 1931. Enregistré par Carlos Gardel en 1932.

Page 101. TOMO Y OBLIGO (Je bois, buvez aussi)

1931 — Paroles de Manuel Romero, musique de Carlos Gardel. Chanté par C. G. dans *Luces de Buenos Aires* (Lumières de Buenos Aires), réalisé en France par Adelqui Millar.

Page 103. QUÉ SAPA, SEÑOR (Qu'est-ce qui se passe, Seigneur)

1931 — Paroles et musique de Enrique Santos Discépolo. Chanté pour la première fois dans une saynète de Discépolo *Caramelos surtidos* (Bonbons assortis). Références claires à la proclamation de la République espagnole, le 14 avril 1931, et au départ du roi Alfonso XIII, de la maison Bourbon.

Page 105. RECUERDO MALEVO (Souvenir de voyou)

1932 — Paroles d'Alfredo Le Pera, musique de Carlos Gardel. Chanté par C. G. dans le film *La casa es seria* (La maison est sérieuse), tourné à Paris en 1932.

Page 107. SILENCIO (Silence)

1932 — Paroles et musique d'Alfredo Le Pera, Carlos Gardel et Horacio Pettorossi. Carlos Gardel a chanté ce tango dans *Melodía de arrabal* (Mélodie de banlieue) tourné à Joinville en 1932. Les paroles font allusion aux cinq fils de la famille de Paul Doumer (président de la République assassiné en 1932) tués durant la guerre de 14-18.

Page 109. PAN (Pain)

1932 — Paroles de Celedonio Esteban Flores, musique d'Eduardo Gregorio Pereyra. La crise qui suit le krach de 1929 est ici clairement évoquée. Gravé par Carlos Gardel.

Page 111. PIPISTRELA (Chauve-souris)

1933 — Paroles du fameux conteur Fernando Ochoa, musique de Juan Canaro. Chanté pour la première fois au Théâtre « Paris », en juillet 1933.

Page 113. AL PIE DE LA SANTA CRUZ (Aux pieds de la Sainte Croix)

1933 — Paroles de Mario Battistella Zoppi, musique d'Enrique Pedro Delfino. Gravé par Carlos Gardel. Censuré dans les années quarante.

Page 115. MILONGA DEL 900. (Milonga du 900)

1933 — Paroles de Homero Manzi, musique de Sebastián Piana. À partir de ce tango, l'image de la gouape sordide, couteau en main et goût du sang, s'efface en grande partie, derrière celle de l'homme des faubourgs débrouillard, produit du milieu dans lequel il vit et dont l'orgueil est la seule chose qui compte.

Page 117. MADAME IVONNE

1933 — Paroles de Domingo Enrique Cadícamo, musique d'Eduardo Gregorio Pereyra. Dernière gravure de Carlos Gardel à Buenos Aires, le 6 novembre 1933.

Page 119. MELODÍA DE ARRABAL (Mélodie du faubourg)

1933 — Paroles d'Alfredo Le Pera et Mario Battistela Zoppi, musique de Carlos Gardel. Composé pour le film du même nom, tourné en France par Louis Gasnier. D'autres musiques de Gardel interviennent dans ce film.

Page 121. AMORES DE ESTUDIANTE (Amours d'étudiant)

Valse
1934 — Paroles d'Alfredo Le Pera, musique de Carlos Gardel. Chanté par C. G. dans le film *Cuesta abajo*, de mai 1934, dirigé par Louis Gasnier.

Page 123. AMARGURA (Amertume)

1934 — Paroles d'Alfredo Le Pera, musique de Carlos Gardel. Gravé à New York pour la première fois.

Page 125. VOLVER (Revenir)

1934 — Paroles d'Alfredo Le Pera, musique de Carlos Gardel. Chanté par C. G. dans le film *El día que me quieras* (Le jour où tu m'aimeras), 1935, réalisé par John Reinhardt.

Page 127. MI BUENOS AIRES QUERIDO (Mon Buenos Aires chéri)

1934 — Paroles d'Alfredo Le Pera, musique de Carlos Gardel. Composé pour le film *Cuesta abajo* (Dégringolade), tourné à New York sous la direction de Louis Gasnier. Le grand poète argentin contemporain Juan Gelman a écrit un tango homonyme en 1962, sur une musique de Juan Carlos Cedrón (voir p. 221).

Page 129. CUESTA ABAJO (Dégringolade)

1934 — Paroles d'Alfredo Le Pera, musique de Carlos Gardel. Chanté par C. G. dans le film homonyme (1934), premier des films tourné par C. G. aux U.S.A., dirigé par Louis Gasnier.

Page 131. CAMBALACHE (Bric-à-brac)

1934 — Paroles et musique d'Enrique Santos Discépolo. Créé pour le film *El alma del bandoneón* (L'âme du bandonéon). Le poète mêle, dans une dérisoire proximité, des figures aussi contrastées que Napoléon Bonaparte, le boxeur Primo Carnera, José de San Martín, héros national argentin, La Mignon, l'escroc Stavisky et saint Jean Bosco, comme pour marquer plus encore la progression de la criminalité qui suit la crise de 29-30.

Page 133. VOLVIÓ UNA NOCHE (Une nuit, elle est revenue)

1935 — Paroles d'Alfredo Le Pera, musique de Carlos Gardel. Sans doute pour un film, ce tango n'a été retenu pour aucun des films dans lesquels C. Gardel intervient.

Page 135. ALMA DE BANDONEÓN (Âme de bandonéon)

1935 — Paroles d'Enrique Santos Discépolo et Luis César Amadori, musique de Discépolo. Repris dans le film *El alma del bandoneón* de Mario Sóffici, 1935.

Page 137. EL DÍA QUE ME QUIERAS (Le jour où tu m'aimeras)

1935 — Paroles d'Alfredo Le Pera (d'après un poème du poète mexicain Amado Nervo), musique de Carlos Gardel. Repris dans le film homonyme (1935). Longtemps peu diffusé, ce tango est revenu au-devant de la scène.

Page 139. POR UNA CABEZA (Pour une tête)

1935 — Paroles d'Alfredo Le Pera, musique de Carlos Gardel. Chanté par C. G. dans le dernier de ses films *Tango bar*, joué à Long Island, en 1935. Il l'enregistre en mars de la même année, peu avant de disparaître.

Page 141. SOLEDAD (Solitude)

1935 — Paroles d'Alfredo Le Pera, musique de Carlos Gardel. Créé pour le film de Louis Gasnier *El tango en Broadway*, avec C. Gardel. Plusieurs interprétations existent.

Page 143. SUS OJOS SE CERRARON (Ses yeux se sont fermés)

1935 — Paroles d'Alfredo Le Pera, musique de Carlos Gardel. Tango du film *El día que me quieras* (Le jour où tu m'aimeras), de John Reinhardt, avec C. Gardel.

Page 145. LAS CUARENTA (Tout dire)

1935-1937 — Paroles de Froilán, musique de Roberto Grela. Apparition controversée (préparé pour un film et non retenu ?). Chanté pour une première fois certifiée à la radio, en 1937.

Page 147. NOSTALGIAS (Nostalgies)

1936 — Paroles de Domingo Enrique Cadícamo, musique de Juan Carlos Cobián. Ce tango bénéficie d'une sorte de préhistoire : un premier texte fut écrit par un certain Sepúlveda, aujourd'hui oublié. Le musicien demanda à Cadícamo une autre version : c'est celle que nous connaissons. Il est découvert, peut-on dire, en 1936, et devient un grand succès.

Page 149. CUARTITO AZUL (Chambrette bleue)

1938 — Paroles de Mario Battistela, musique de Mariano Mores. Gravé en mars 1939. Mariano Mores avait 17 ans lors de cette composition.

Page 151. MANO BLANCA (Main blanche)

1939 — Paroles de Homero Manzi, musique d'Antonia de Bassi. Les deux grandes versions enregistrées sont de 1943 et 1945.

Page 153. BETTINOTI

Milonga.

1939 — Paroles de Homero Manzi, musique de Sebastián Piana. José Luis Bettinoti (1878-1915), « payador », chanteur ambulant, « troubadour », notamment autour de La Plata, qui improvisait en s'accompagnant à la guitare ; la « payada » était la chanson ou mélodie, éphémère, du payador.

Page 155. ANDÁ A CANTARLE A GARDEL (Va le chanter à Gardel)

Paroles de Héctor Méndez, musique de Manuel Sucher. Ce titre de tango est devenu une sorte de proverbe : « Ça ne nous intéresse pas, ce n'est pas crédible. »

Page 157. PENA MULATA (Peine mulâtre)

1941 — Paroles de Homero Manzi, musique de Sebastián Piana. L'un des tangos les plus admirés dans la série du « cancionero negro » de Homero Manzi, l'un de ceux qu'aimait Nicolás Guillén, grand admirateur de l'Argentin.

Page 160. 3 ESQUINAS (Trois coins de rue)

1941 — Paroles d'Enrique Cadícamo, musique d'Ángel D'Agostino et Alfredo Attadia. Gravé en juillet 1941. Fait référence au croisement des rues Montes de Oca et Olwaldo Cruz, dans le quartier de Barracas, et au café appelé « Trois coins », puis « Cabo Fels », situé là, non loin de La Boca. Quartier industriel, qui se considérait comme « à part » (le tango se termine sur cette constatation), et qui vit l'élection du premier député socialiste.

Page 162. EL CUARTEADOR (Le charretier)

1941 — Paroles de Domingo Enrique Cadícamo, musique de Rosendo Luna (pseudonyme de Cadícamo). Le quartier de Barracas, comme d'autres de la périphérie de Buenos Aires, était réputé pour ses rues jalonnées de bourbiers.

Page 164. AL COMPÁS DEL CORAZÓN (Au rythme du cœur)

1942 — Paroles de Homero Expósito, musique de Domingo Federico. L'une des compositions parmi les plus caractéristiques des années quarante.

Page 166. NINGUNA (Personne)

1942 — Paroles de Homero Manzi, musique de Raúl Fernández Siro. On a pu parler, à propos de ce tango, et de toute l'œuvre de Manzi, de l'admiration qu'il portait à la poésie de Federico García Lorca.

Page 168. MALENA

1942 — Paroles de Homero Manzi, musique de Lucio Demare. Considéré comme l'une des réussites majeures du genre. On retrouve *Malena* dans plusieurs spectacles et films. Les fantasmes complètent la légende : quelle fut la vraie *Malena* ?

Page 170. BARRIO DE TANGO (Quartier de tango)

1942 — Paroles de Homero Manzi, musique d'Aníbal Troilo. Évocation sur-nostalgique de lieux mémorables en voie de mutation (le quartier populaire Pompeya, le train, le fanal...).

Page 172. ASÍ SE BAILA EL TANGO! (Le tango se danse comme ça!)

1942 — Paroles de Marvil, musique d'Elías Randal. Enregistré en décembre 1942. Depuis les années trente, le tango est devenu un classique de la musique, de la parole et de la danse ; il s'est imposé dans les salons et les salles de bal huppées ; il s'est imposé en Europe, notamment en France ; il est dansé par toutes les classes de la société ; il évolue. Les jeunes, et les moins jeunes, des banlieues argentines ne sont pas insensibles à une façon différente de danser le tango, plus glissée, avec une variété plus étendue de combinaisons et la mise en place d'une chorégraphie véritable.

Page 174. Percal (Percale)

1943 — Paroles de Homero Aldo Expósito, musique de Domingo Serafín Federico. La « percale », un tissu de coton fin et serré, de qualité médiocre. Le mot, d'origine turco-perse, a presque disparu de notre vocabulaire. La percale était utilisée pour les vêtements un peu tape-à-l'œil.

Page 176. Uno (Lui)

1943 — Paroles d'Enrique Santos Discépolo, musique de Mariano Mores. Il a figuré dans la revue *Las Colegialas del Casino* (Les Collégiennes du Casino).

Page 178. Novia de ayer (Fiancée d'hier)

Années 40 — Paroles et musique d'Enrique Santos Discépolo.

Page 179. Se dice de mí (On dit de moi)

Milonga
1943 — Paroles d'Ivo Pelay, musique de Francisco Canaro. En 1954, de nouvelles paroles furent écrites pour qu'une femme puisse l'intégrer à son répertoire.

Page 181. Garúa (Bruine)

1943 — Paroles de Domingo Enrique Cadícamo, musique d'Aníbal Troilo. Plusieurs interprétations sont connues, après la composition du tango dans une arrière-boutique où se tenait un petit cabaret, sur Corrientes.

Page 183. Sombras, nada más (Ombres, rien de plus)

1943 — Paroles de José María Contursi, musique de Francisco Lomuto. Il a été interprété par Libertad Lamarque.

Page 185. Y... siempre igual (Et... toujours pareil)

1943 — Paroles de Luis Caruso, musique d'Arturo Gallucci.

Page 187. CAFÉ DE LOS ANGELITOS (Café des Angelots)

1944 — Paroles et musique de Cátulo Castillo et José Francisco Razzano. Dans le quartier de Once, bistrot longtemps célèbre, orné de petits anges ; ce quartier comporte de nombreuses constructions remarquables. Le bar a été fréquenté par de nombreuses personnalités du tango.

Page 189. EL SUEÑO DEL PIBE (Le rêve du gamin)

1945 — Paroles de Reynaldo Yiso, musique de Juan Puey. Gravé en mars 1945. Baldonedo Emilio, Boyé Mario Emilio, Barnabé Ferreyra, Martino Rinaldo Fioramonte, célèbres joueurs de football entre 1932 et 1948.

Page 191. FUIMOS (Nous avons été)

1945 — Paroles de Homero Manzi, musique de José Dames. Texte exceptionnel, Manzi est considéré comme l'un des écrivains majeurs du tango. Magnifique interprétation d'Astor Piazzolla, une autre, non moins somptueuse, de Susana Rinaldi.

Page 193. CANCIÓN DESESPERADA (Chanson désespérée)

1945 — Paroles et musique d'Enrique Santos Discépolo ; on attribue quelquefois la musique à Mariano Mores. Inspiré, après une visite de Discépolo à Majorque, par l'amour entre Chopin et George Sand.

Page 195. CAFETÍN DE BUENOS AIRES (Bistrot de Buenos Aires)

1947 — Paroles d'Enrique Santos Discépolo, musique de Mariano Mores. Spécialement créé pour le film *Corrientes...! Calle de ensueños!* (Corrientes, Rue de rêves), sorti en 1949. Astor Piazzolla et Alberto Fontán Luna en donnent une interprétation exceptionnelle en 1948. Le bistrot en question est sans doute le « Oberdam », dans le quartier de Once, où Discépolo fait ses premières armes.

Page 197. El choclo

1947 — Paroles d'Enrique Santos Discépolo, musique d'Àngel Gregorio Villoldo. L'un des premiers tangos, et des plus célèbres. La trame musicale remonterait à 1905. Il existe deux textes antérieurs sur le thème, celui de A. G. Villoldo lui-même, et celui de Juan Carlos Marambio Catán. Celui de Discépolo s'est imposé. L'origine du mot *choclo,* et une éventuelle étymologie, sont controversées.

Page 199. Sur (Sud)

1948 — Paroles de Homero Manzi, musique d'Aníbal Troilo. L'un des plus tristes de Manzi, qui se sait atteint d'un cancer (il meurt en 1951), où se manifeste sa sensibilité populaire et sa connaissance des poésies « savantes » d'avant-garde.

Page 201. El último organito (Le dernier orgue de Barbarie)

1949 — Paroles de Homero Manzi, musique d'Acho Manzi. L'orgue des rues, qui eut une grande popularité tout au long du XIXe siècle, et au début du XXe, a joué un rôle actif dans la diffusion de la chanson populaire et dans le développement du tango. Evaristo Carriego (1883-1912), poète de Buenos Aires.

Page 203. Che, bandoneón (Toi, bandonéon)

1950 — Paroles de Homero Manzi, musique d'Aníbal Troilo. Gravé en mars 1950. Allusion à des personnages typés du tango (Esthercita, rendue fameuse par *Milonguita,* un « classique » de 1920, Mimi, Ninon...). L'un des ultimes tangos de Manzi, une sorte de synthèse de sa vie : son culte pour l'amitié, sa passion pour le tango, son amertume politique...

Page 205. Oro y plata (Or et argent)

1951 — Paroles de Homero Manzi, musique de Charlo. Gravé en décembre 1951. Les Africains formaient un tiers de la population *porteña,* dans la première moitié du XIXe siècle. Par la suite, avec les guerres, notamment, au cours desquelles ils sont utilisés comme chair à canon, la présence noire est devenue faible. Elle demeure dans les racines du tango (*candombe, milonga*).

Page 207. PUCHERITO DE GALLINA (Pot-au-feu de poule)

1951 — Paroles et musique de Roberto Medina, qui fut un temps chanteur de l'orchestre d'Astor Piazzolla. Café-restaurant « El Tropezón » (Le faux pas) ; « Parque Goal », autre lieu pour boire et écouter des chansons.

Page 209. EL PATIO DE LA MOROCHA (Le patio de la brune)

1951 — Paroles et musique de Cátulo Castillo et Mariano Mores. Se retrouve dans le film homonyme, de Manuel Romero, en août 1951.

Page 211. PATIO MÍO (Mon patio)

1951 — Paroles de Cátulo Castillo, musique d'Aníbal Troilo.

Page 213. LA CANTINA (Le bistrot)

1954 — Paroles de Cátulo Castillo, musique d'Aníbal Troilo. Repris dans le film *Vida nocturna*, dirigé par Leo Fleider, en 1955. De nombreuses versions ont suivi sa création.

Page 215. EL ÚLTIMO GUAPO (Le dernier voyou)

1958 — Paroles d'Abel Aznar, musique de Riel. Tango type, basé sur les clichés du genre (le lampadaire, la ruelle, la maison).

Page 217. AMOR DE MARINERO (Amour de marin)

1958 — Paroles de Roberto de Wilde et Marcelino (Cholo) Hernández, musique de Dante Gilardoni.

Page 219. NO TE QUIERO MÁS (Je ne t'aime plus)

Paroles et musique de Juan Bauer.

Page 221. Mi Buenos Aires querido (Mon Buenos Aires chéri)

1962 — Paroles de Juan Gelman, musique de Juan Carlos Cedrón. Ce poème est inclu dans le recueil *Gotán*, publié en 1962 (Éd. La Rosa Blindada) et dans lequel J. Gelman a repris les titres de certains tangos célèbres (« Mi Buenos Aires querido », voir p. 127) ; il fait allusion à la situation, alors, de l'Argentine. J. Gelman sera arrêté par les hommes de la dictature militaire.

Page 222. Un mundo nuevo (Un monde nouveau)

1965 — Paroles de Héctor Negro, musique d'Osvaldo Avena. La première version est de 1965, chantée par Enrique Alippi, accompagnée par le quartet d'Arturo Penón.

Page 224. Bailate un tango, Ricardo ! (Danse un tango, Ricardo !)

1966 — Paroles d'Ulises Petit de Murat, musique de Juan D'Arienzo. Ricardo Güiraldes, l'auteur de *Don Segundo Sombra* était un amateur éclairé et un pratiquant émérite de tango. Mort à Paris en 1927, il militait pour sa danse préférée. Carlos de la Púa, journaliste et écrivain, *La Crencha Engrasada* (1928, La crinière crasseuse), un recueil en argot. (Voir du même, *Packard*.)

Page 226. Balada para un loco (Ballade pour un fou)

1969 — Paroles de Horacio Ferrer, musique d'Astor Piazzolla. Depuis la première interprétation, aujourd'hui légendaire, de Piazzolla, de nombreux musiciens l'ont repris. Astor Piazzolla (1924-1992) est, on le sait, le profond rénovateur de la musique de tango, notamment dans son évolution rythmique.

Page 229. La bronca del porteño (La rage du porteño)

1976 — Paroles et musique d'Eladia Blázquez.

Page 231. En pie (Debout)

Paroles et musique d'Eladia Blázquez.

Page 233. Viejo Tortoni (Ancien Tortoni)

1979 — Paroles de Héctor Negro, musique de Eladia Blázquez. Sur Avenida de Mayo, le Grand Café Tortoni est, depuis 1858, sans doute le plus réputé, et longtemps le plus fréquenté par les poètes, écrivains, artistes et intellectuels de Buenos Aires. Après divers changements d'adresse, toujours dans un même périmètre, il est aujourd'hui, par son entrée principale, sur l'avenue. Le tango énumère certaines des célébrités qui le fréquentèrent (mais pas Federico García Lorca, ni Borges...).

Page 235. Tu piel bajo la luna (Ta peau sous la lune)

1980 — Paroles de Julio Cortázar, musique d'Edgardo Cantón. Chanté par Juan Cedrón. On peut trouver ce tango dans le disque « Trottoir de Buenos Aires » (*Veredas de Buenos Aires*), titre d'un recueil de poèmes de Julio Cortázar et qui a donné le nom au café-concert, rue des Lombards, aujourd'hui disparu.

H. D.

Plusieurs tangos de la dernière période, et des plus réussis, n'ont pu trouver ici leur place, en raison de droits réservés.

L'IDIOME

Lorsque naît le tango, il devient une musique que le corps accompagne. Puis un texte vient ajouter par la voix un instrument à l'orchestre, par la langue un contenu explicite à une charge émotionnelle, sentimentale et lyrique qui n'avait pas besoin, jusque-là, de dire pour signifier.

Le tango devient un tout, parfois complexe, de musique, de danse et de parole : de la musique, de la danse, de la chanson. Dans un climat général qui renforce l'unité. Mais la forme qui soutient la mélodie d'ensemble est dans la musique. C'est elle qui porte la découpe du poème et lui donne sa nécessité. D'où le caractère très libre, apparemment anarchique, quelquefois décousu, du vers publié hors de son contexte de paroles pour chanson. Le jeu des rimes demeure faible et l'assonance, de loin la plus massive, reste détendue, parfois approximative. Là n'est pas l'essentiel. La langue du tango est un idiome singulier. Paroles de nouveaux riches en paroles, il mêle l'argot de toutes origines et le langage cultivé (on trouve dans le même poème « transcendantal » et « bouffer »), comme il mêle les idées générales les plus banales avec les pointes les plus affûtées, la grandiloquence du propos ou de l'expression devient alors comme rabattue par la précision soudaine d'un détail.

Si l'amour, l'amour d'un jour, l'amour passion, l'amour perdu, l'amour tristesse, la solitude, l'abandon, deviennent les thèmes majeurs, les matières fondatrices du tango, rien de ce qui touche à la vie, du geste quotidien au fantasme, ne lui est étranger : la rue, le bistrot, la protestation sociale, la ville, l'alcool, les courses, le football, les chevaux, la loterie, le conseil, le reproche, la religion, la mort, la grandiloquence, le misérabilisme naïf, l'ami, la fête, la bohème, les noms, les prénoms, les salopards, les compagnons, la guerre, la crasse, la prison, la drogue, l'artisan, le tissu, la pampa, le jour, la nuit et même l'Histoire.

Entre la vie organisée, sociable, raisonnable, et les horribles pulsions, « nobles » d'être disproportionnées, les puissants désirs enfouis, les grands refoulements ; entre l'horaire, le travail, l'atelier, le bureau, les enfants, et les fantasmes au fouet, la fourrure et le viol, l'infamie et la mort trafiquée, le tango manifeste une sorte d'inconscient pour les petits, de rêves de pauvres, appel à de maigres consolations, regrets de peu, humbles désirs, bas-côtés de la passion de vivre, saine volonté d'être aimé. Sur ce registre d'envolée « minime », la richesse du tango est extraordinaire et sait creuser au plus profond. D'où cet idiome de fabrication locale qui réajuste pour sa propre satisfaction des mots et des formulations venus d'ailleurs : vocabulaires français, italien, espagnol, lusitanismes, ruralismes, anglicismes, formules galiciennnes, tournures aborigènes auxquels viennent s'adjoindre tous les mouvements connus par lesquels une langue suscite ou alimente son argot. C'est le « lunfardo », argotique et populaire. Et dont quelques éléments méritent d'être appréciés (d'autant qu'ils forment à eux seuls un monde et un texte) :

Academia : vers la fin du XIXe siècle, salle de bal à Montevideo. Le tango y serait né.

Afilar : de l'italien populaire « courtiser ».

Bacán : concubin, homme qui entretient une femme ; homme riche, glorieux, qui se fait admirer.

Baguala : le « bagual » est un cheval sauvage ; brève mélodie à trois temps, que l'on dit antérieure à l'arrivée des Espagnols, chantée par les gauchos.

Bailetín : baletti, bal des pauvres, pour les déclassés et les délinquants.

Bandoneón : instrument de musique créé par Heinrich Band, un Allemand fabricant d'accordéons, dans la première moitié du XIXe siècle. Il est introduit par des marins allemands à Buenos Aires et à Montevideo.

Bataclana : femme qui exhibe son corps. De « Ba-Ta-Clan », théâtre parisien pour revues déshabillées.

Batilana : délateur.

Boliche : bistrot.
Botón : flic.
Bronca : la rage, la colère.
Bulín : chambre meublée, piaule.
Cafishio : proxénète.
Cana : la taule, le dépôt, les flics.
Candombe : musique et danse des esclaves noirs, une des origines du tango.
Canguela : bal populaire.
Canyengue : manière de marcher et de danser ; balancement, mouvement des hanches.
Che : toi ; désigne souvent le bandonéon : « Che, bandoneón ».
Cimarrón : maté.
China : fille, femme, la copine du gaucho.
Cifra : rythme proche de la milonga, simplifié.
Clandestino : « clandé », lieu en principe prohibé, bistrot clandestin, ou seulement toléré, pour immigrés, marginaux, truands en cavale, etc. Dit aussi « hôtel français », soit bordel, l'un des lieux de naissance du tango.
Cocoliche : argot des immigrés italiens, mélange d'espagnol et de diverses formes de l'italien.
Compadre : compagnon, confident, mec.
Compadrito : gouape des faubourgs, un peu maquereau, un peu tireur.
Conventillo : vieil immeuble en mauvais état, où vivent les immigrés, les miséreux. Parfois aussi bordel.
Cuarenta : main, dans un jeu de cartes.
Fané : du français « appauvri physiquement et moralement ».
Fuelle : ou « Fueye », bandonéon.
Fungi : de l'italien, sombrero.
Garabo : rigolo, mec marrant.
Garufa : la noce, le bordel, le noceur.
Guapo : de l'italien et du français, garçon d'honneur, culte de l'honneur et du courage, façon « milieu ».
Habanera : danse d'origine afro-cubaine, l'une des sources du tango.
Lancero : tireur, piqueur, pickpocket.
Leones : pantalons.
Londonien : snob qui méprise le tango.
Lunfardo : argot des villes et lieux en bordure du Río de la Plata, à l'origine celui des délinquants.
Malevo : compagnon de mauvaise vie, cacou à la marseillaise.

Maté : calebasse dans laquelle se prépare l'infusion de l'herbe à maté, l'infusion elle-même.
Metejón : passion ardente et dévastatrice.
Miché : ou « Misché », celui qui paye, l'homme d'un certain âge.
Milonga : à l'origine, probablement, une improvisation à la guitare qui devient la musique des faubourgs, une des sources du tango.
Mina : nine, petite.
Naife : de l'anglais « knife », couteau.
Orilla : la zone.
Paica : nana.
Papusa : mignonne, fille ou femme attirante.
Payador : conteur, colporteur de nouvelles, « troubadour » qui parcourt le pays, chante et dit la « payada », épopée du fait divers sanglant sur rythme de cifra ou de milonga simplifiée.
Perigundín : bistrot à filles, pas tout à fait bordel.
Pibe : enfant, garçon, homme ; *piba* : la fille, la fiancée.
Porteño : habitant des ports de l'embouchure, indigène de Buenos Aires, tout le climat qui l'entoure et les manières de vivre.
Rebetika : parole, musique et danse, d'origine grecque (du turc « rebet » : bandit), se développe dans les ports, à la même période que le tango, sur des thèmes proches.
Río de la Plata : estuaire des fleuves Paraná et Uruguay ; des deux côtés sur les rives, Buenos Aires et Montevideo.
Robe : abréviation de « robe de chambre ».
Taura : gouape.
Tira : flic en civil.
Vento : argent, fric.
Yigoló : gigolo.
Yuta : prison, police.

H. D.

CHRONOLOGIE

1860-1880. Naissance présumée du tango. C'est aussi une période d'immigration européenne, fortement italienne. Les villes s'étendent, les faubourgs s'alourdissent considérablement.

Fin XIXe : le bandonéon s'impose.

1905. Ángel Villoldo écrit *El choclo* et *La morocha* qui connaissent un grand succès.

Début du siècle. Le tango s'installe dans les quartiers populaires de Buenos Aires et produit de grands spécialistes : Agustín Bardi, Roberto Firpo, Vicente Greco, Eduardo Arolas, considéré comme le premier grand bandonéoniste.

Début du siècle : la prostitution devient un commerce à grande échelle.

Dès avant la guerre de 1914, le tango s'installe en Europe.

1912. Carlos Gardel (1887-1935) débute.

1915. Pascual Contursi, à Montevideo, commence à chanter ses propres paroles. C'est la naissance du tango-chanson. En 1916, il écrit *Mi noche triste,* devenu un classique.

1917. Gerardo Matos Rodríguez, un Urugayen, écrit *La cumparsita,* peut-être le tango le plus célèbre au monde.

1918. Carlos Gardel enregistre son premier disque du genre, avec *Mi noche triste.*

À la même époque, Enrique Delfino, Francisco Canaro, Osvaldo Fresedo et Paquita Bernardo, une des rares femmes bandonéonistes, dirigent des orchestres et créent de nombreuses œuvres.

Dans les années 20. Julio de Caro enrichit et élargit les structures musicales du tango. Il impose l'idée du « tango-musique » à transformer, à faire évoluer. Juan de Dios Filiberto compose *Caminito*. Les bandonéonistes deviennent nombreux et brillants (Pedro Maffia, Pedro Laurenz, Armando Blasco...).

Les années 30 sont celles des réussites d'Enrique Santos Discépolo à qui nous devons quelques-uns des tangos les plus personnels, les plus pathétiques et les plus fins. Il marque de sa personnalité, et pour longtemps, le monde du tango. Ce sont aussi les années de la censure, souvent à l'initiative du ministère de la Marine : trop de termes d'argot, il convient de revenir à la langue respectable !

1935. Mort de Carlos Gardel (son avion est percuté, au sol, par un autre appareil, sur l'aérodrome de Bogotá). Une foule immense à ses obsèques. Il entre dans la légende.

Les années 40-50 sont des années prospères. Le tango tient le haut du pavé. Il fait montre d'une extraordinaire vitalité. C'est l'époque de Horacio Salgán, Pedro Maffia, Alfredo Gobbi, Astor Piazzolla. Parmi une pléiade de bandonéonistes, Aníbal Troilo, instrumentiste virtuose et inspiré, musicien d'envergure. De nouveaux interprètes : Roberto Goyeneche, Alberto Marino, Edmundo Rivero.

Fin des années 50. Crise du tango. Invasion des musiques anglo-saxonnes.

Années 60. Relance grâce à l'initiative, à l'inventivité, et à l'habileté spectaculaire, de quelques musiciens qui n'hésitent pas à frotter le tango à d'autres musiques : Astor Piazzolla, mais aussi Eduardo Rovira, le « Cuarteto Cedrón ».

Années 70. Renouveau de la chanson autochtone, notamment avec Oswaldo Avena. Puis Susana Rinaldi, Edmundo Rivero, José Libertella... Nombreux départs vers l'Europe, et pour beaucoup l'exil. Le « Cuarteto Cedrón » conquiert la France. Succès populaire et mondain, à Paris.

Le 11 décembre devient, en Argentine, le « Jour national du Tango » (double anniversaire puisque c'est à la fois la date de naissance de Carlos Gardel et celle de Julio de Caro).

Tenants de la tradition et de l'ouverture s'opposent. L'Europe devient le centre d'activité principal des groupes et musiciens de tango. « Tiempo Argentino » se fait connaître.

Années 80. L'Europe du tango faiblit.

Aujourd'hui. Véritable renouveau. La musique se diversifie, les textes se font plus denses.

H. D.

INDEX ALPHABÉTIQUE DES TITRES DE TANGOS EN FRANÇAIS

ADIEU, LES COPAINS (*Adiós, muchachos*), 56.

À L'ANCRE À PARIS (*Anclao en París*), 97.

ÂME DE BANDONÉON (*Alma de bandoneón*), 135.

AMERTUME (*Amargura*), 123.

AMOUR DE MARIN (*Amor de marinero*), 217.

AMOURS D'ÉTUDIANT (*Amores de estudiante*), 121.

ANCIEN TORTONI (*Viejo Tortoni*), 233.

AUX PIEDS DE LA SAINTE CROIX (*Al pie de la Santa Cruz*), 113.

AU RYTHME DU CŒUR (*Al compás del corazón*), 164.

BALLADE POUR UN FOU (*Balada para un loco*), 226.

BETTINOTI, 153.

BISTROT DE BUENOS AIRES (*Cafetín de Buenos Aires*), 195.

BRIC-À-BRAC (*Cambalache*), 131.

BRUINE (*Garúa*), 181.

BRUMES (*Brumas*), 79.

CAFÉ DES ANGELOTS (*Café de los Angelitos*), 187.

CETTE NUIT, JE ME SAOULE (*Esta noche me emborracho*), 85.

CHAMBRETTE BLEUE (*Cuartito azul*), 149.

CHANSON DÉSESPÉRÉE (*Canción desesperada*), 193

CHAUVE-SOURIS (*Pipistrela*), 111.

CHÈVREFEUILLE (*Madreselva*), 95.

CRIQUET (*Langosta*), 47.

DANSE UN TANGO, RICARDO (*Bailate un tango, Ricardo*), 224.

DEBOUT (*En pie*), 231.

DÉGRINGOLADE (*Cuesta abajo*), 129.

EAU FLEURIE (*Agua florida*), 72.

EL CHOCLO, 197.

ENTRAÎNEUSE (*Milonguita*), 37.

ET... TOUJOURS PAREIL *(Y... siempre igual)*, 185.

FIANCÉE D'HIER *(Novia de ayer)*, 178.

GIUSEPPE LE CORDONNIER *(Giuseppe el zapatero)*, 93.
GRISETTE *(Griseta)*, 41.

IDIOT QUI VAS AVEC TA PEINE *(Otario que andas penando)*, 99.

JE BOIS, BUVEZ AUSSI *(Tomo y obligo)*, 101.
JE NE T'AIME PLUS *(No te quiero más)*, 219.
JE TE CONSEILLE DE M'OUBLIER *(Te aconsejo que me olvides)*, 66.

LA BRUNE *(La morocha)*, 29.
LA CANAILLE *(Malevaje)*, 81.
LA CORDE ARRIVE *(Se viene la maroma)*, 70.
LA DERNIÈRE CUITE *(La última curda)*, 58.
LA FILLE À LA FORD *(La mina del Ford)*, 43.
LA PATRONNE DE SANTA LUCÍA *(La pulpera de Santa Lucía)*, 89.
LA PETITE FANFARE *(La cumparsita)*, 30.
LA RAGE DU PORTEÑO *(La bronca del porteño)*, 229.
L'AUBE *(La madrugada)*, 34.
LE BISTROT *(La cantina)*, 213.
LE CORBEAU *(El chimango)*, 36.
LE CHARRETIER *(El cuarteador)*, 162.
LE CHIFFONNIER *(El ciruja)*, 53.
LE DERNIER ORGUE DE BARBARIE *(El último organito)*, 201.
LE DERNIER VOYOU *(El útimo guapo)*, 215.
LE JOUR OÙ TU M'AIMERAS *(El día que me quieras)*, 137.
LE NOCEUR *(Garufa)*, 68.
LE PATIO DE LA BRUNE *(El patio de la morocha)*, 209.
LE PLEURNICHARD *(El llorón)*, 27.
LE RÊVE DU GAMIN *(El sueño del pibe)*, 189.
LE TANGO SE DANSE COMME ÇA! *(Así se baila el tango!)*, 172.
LUI *(Uno)*, 176.
LUMIÈRE TAMISÉE *(A media luz)*, 45.

MADAME YVONNE *(Madame Ivonne)*, 117.
MAIN BLANCHE *(Mano blanca)*, 151.
MALENA, 168.
MARGOT, 39.
MA TRISTE NUIT *(Mi noche triste)*, 32.
MÉLODIE DU FAUBOURG *(Melodía de arrabal)*, 119.
MESSE DE ONZE HEURES *(Misa de once)*, 91.
MILONGA DU 900 *(Milonga del 900)*, 115.
MON BUENOS AIRES CHÉRI *(Mi Buenos Aires querido)*, 127.
MON BUENOS AIRES CHÉRI *(Mi Buenos Aires querido)*, 221.
MON PATIO *(Patio mío)*, 211.

NOSTALGIES *(Nostalgias)*, 147.

Nous avons été *(Fuimos)*, 191.

Oiseau noir *(Ave negra)*, 87.
Ombres, rien de plus *(Sombras, nada más)*, 183.
On dit de moi *(Se dice de mí)*, 179.
On n'y peut rien *(Que vachaché)*, 51.
Or et argent *(Oro y plata)*, 205.

Packard, 74.
Pain *(Pan)*, 109.
Peine mulâtre *(Pena mulata)*, 157.
Percale *(Percal)*, 174.
Personne *(Ninguna)*, 166.
Petit sentier *(Caminito)*, 55.
Pot-au-feu de poule *(Pucherito de gallina)*, 207.
Poupée fière *(Muñeca brava)*, 77.
Pour une tête *(Por una cabeza)*, 139.

Quartier de tango *(Barrio de tango)*, 170.
Qu'est-ce qui se passe, seigneur *(Qué sapa, señor)*, 103.

Revenir *(Volver)*, 125.
Rôde, rôde *(Yira, yira)*, 64.

Ses yeux se sont fermés *(Sus ojos se cerraron)*, 143.
Silence *(Silencio)*, 107.
Solitude *(Soledad)*, 141.
Souvenir de voyou *(Recuerdo malevo)*, 105.
Sud *(Sur)*, 199.
Suis mon conseil *(Seguí mi consejo)*, 75.

Ta peau sous la lune *(Ta piel bajo la lune)*, 235.
Temps anciens *(Tiempos viejos)*, 49.
Toi, bandonéon *(Che, bandoneón)*, 203.
Toi, la belle, écoute *(Che, papusa, oí)*, 62.
Ton heure est passée *(Se pasó tu cuarto de hora)*, 60.
Tout dire *(Las cuarenta)*, 145.
Trois coins de rue *(3 esquinas)*, 160.

Une nuit, elle est revenue *(Volvió una noche)*, 133.
Un monde nouveau *(Un mundo nuevo)*, 222.

Va le chanter à Gardel *(Andá a cantarle a Gardel)*, 155.
Voleuse *(Chorra)*, 83.

Tango : définitions 7
« L'histoire, tout le monde la raconte », préface de Saúl Yurkievich 9
Les textes, les traductions, les adaptations, Henri Deluy 22

Les tangos, par ordre chronologique :

Le pleurnichard 27
La brune 29
La petite fanfare 30
Ma triste nuit 32
L'aube 34
Le corbeau 36
Entraîneuse 37
Margot 39
Grisette 41
La fille à la Ford 43
Lumière tamisée 45
Criquet 47
Temps anciens 49
On n'y peut rien 51
Le chiffonnier 53

Petit sentier 55
Adieu, les copains 56
La dernière cuite 58
Ton heure est passée 60
Toi, la belle, écoute 62
Rôde, rôde 64
Je te conseille de m'oublier 66
Le noceur 68
La corde arrive 70
Eau fleurie 72
Packard 74
Suis mon conseil 75
Poupée fière 77
Brumes 79
La canaille 81
Voleuse 83
Cette nuit, je me saoule 85
Oiseau noir 87
La patronne de Santa Lucía 89
Messe de onze heures 91
Giuseppe le cordonnier 93
Chèvrefeuille 95
À l'ancre à Paris 97
Idiot qui vas avec ta peine 99
Je bois, buvez aussi 101
Qu'est-ce qui se passe, Seigneur 103
Souvenir de voyou 105
Silence 107
Pain 109
Chauve-souris 111
Aux pieds de la Sainte Croix 113
Milonga du 900 115
Madame Yvonne 117

Mélodie du faubourg	119
Amours d'étudiant	121
Amertume	123
Revenir	125
Mon Buenos Aires chéri	127
Dégringolade	129
Bric-à-brac	131
Une nuit, elle est revenue	133
Âme de bandonéon	135
Le jour où tu m'aimeras	137
Pour une tête	139
Solitude	141
Ses yeux se sont fermés...	143
Tout dire	145
Nostalgies	147
Chambrette bleue	149
Main blanche	151
Bettinoti	153
Va le chanter à Gardel	155
Peine mulâtre	157
Trois coins de rue	160
Le charretier	162
Au rythme du cœur	164
Personne	166
Malena	168
Quartier de tango	170
Le tango se danse comme ça !	172
Percale	174
Lui	176
Fiancée d'hier	178
On dit de moi	179
Bruine	181
Ombres, rien de plus	183

Et... toujours pareil 185
Café des Angelots 187
Le rêve du gamin 189
Nous avons été 191
Chanson désespérée 193
Bistrot de Buenos Aires 195
El choclo 197
Sud 199
Le dernier orgue de Barbarie 201
Toi, bandonéon 203
Or et argent 205
Pot-au-feu de poule 207
Le patio de la brune 209
Mon patio 211
Le bistrot 213
Le dernier voyou 215
Amour de marin 217
Je ne t'aime plus 219
Mon Buenos Aires chéri 221
Un monde nouveau 222
Danse un tango, Ricardo ! 224
Ballade pour un fou 226
La rage du porteño 229
Debout 231
Ancien Tortoni 233
Ta peau sous la lune 235

DOSSIER

Notes 239
L'idiome 259
Chronologie 263
Index alphabétique des titres de Tangos en français 266

Le domaine hispanique
en Poésie/Gallimard

Rafael ALBERTI. *Marin à terre* suivi de *L'Amante* et de *L'Aube de la giroflée*. Présentation et traduction de Claude Couffon.

Miguel Angel ASTURIAS. *Poèmes indiens* (*Messages indiens. Claireveillée de printemps. Le Grand Diseur*). Préface de Claude Couffon. Traduction de Claude Couffon et René-L.-F. Durand.

Jorge Luis BORGES. *Œuvre poétique 1925-1965*. Préface et traduction d'Ibarra.

Jorge Luis BORGES. *L'or des tigres*. Préface et traduction d'Ibarra.

Federico GARCÍA LORCA. *Poésies I: Livre de poèmes. Mon village. Impressions et paysages* (extraits). Traduction d'André Belamich et Claude Couffon.

Federico GARCÍA LORCA. *Poésies II: Chansons. Poème du Cante Jondo. Romancero gitan*. Préface de Jean Cassou. Traduction d'André Belamich, Pierre Darmangeat, Jules Supervielle et Jean Prévost.

Federico GARCÍA LORCA. *Poésies III: Poète à New York. Chant funèbre pour I. S. Mejías. Divan du Tamarit* et autres textes. Préface d'André Belamich. Traduction d'André Belamich, Pierre Darmangeat, Claude Couffon et Bernard Sesé.

Federico GARCÍA LORCA. *Poésies IV: Suites. Sonnets de l'amour obscur.* Préface et traduction d'André Belamich.

JEAN de la CROIX. *Nuit obscure. Cantique spirituel* et autres poèmes. Préface de José Ángel Valente. Traduction nouvelle de Jacques Ancet. Édition bilingue.

Antonio MACHADO. *Champs de Castille* précédé de *Solitudes, Galeries et autres poèmes* et suivi de *Poésies de la guerre*. Préface de Claude Esteban. Traduction de Sylvie Léger et Bernard Sesé.

Álvaro MUTIS. *Et comme disait Maqroll el Gaviero*. Préface d'Eduardo García Aguilar. Traduction de François Maspero.

Pablo NERUDA. *Résidence sur la terre.* Préface de Julio Cortázar. Traduction de Guy Suarès.

Pablo NERUDA. *Mémorial de l'Île Noire* suivi de *Encore*. Traduction de Claude Couffon.

Pablo NERUDA. *Chant général.* Traduction de Claude Couffon.

Pablo NERUDA. *La Centaine d'amour.* Traduction de Jean Marcenac et André Bonhomme. Édition bilingue.

Pablo NERUDA. *Vingt poèmes d'amour et une chanson désespérée* suivi de *Les Vers du capitaine.* Traduction de Claude Couffon et Christian Rinderknecht. Édition bilingue.

Pablo NERUDA. *La Rose détachée* et autres poèmes. Traduction de Claude Couffon.

Pablo NERUDA. *Vaguedivague.* Traduction de Guy Suarès.

Octavio PAZ. *Liberté sur parole* (*Condition de nuage. Aigle ou Soleil. À la limite du monde. Pierre de Soleil*). Préface de Claude Roy. Traduction de Jean-Clarence Lambert et Benjamin Péret.

Octavio PAZ. *Versant Est* et autres poèmes (1960-1968). Préface de Claude Esteban. Traduction de Yesé Amory, Claude Esteban, Carmen Figueroa, Roger Munier et Jacques Roubaud.

Octavio PAZ. *Le feu de chaque jour* précédé de *Mise au net* et *D'un mot à l'autre.* Traduction de Claude Esteban, Roger Caillois et Jean-Claude Masson.

Les Poètes du Tango. Édition d'Henri Deluy et Saúl Yurkievich.

Francisco de QUEVEDO. *Les Furies et les Peines* (cent deux sonnets). Choix, présentation et traduction de Jacques Ancet. Édition bilingue.

Tomás SEGOVIA. *Cahier du nomade* (choix de poèmes 1946-1997). Présentation et traduction de Jean-Luc Lacarrière.

José Ángel VALENTE. *Trois leçons de ténèbres* suivi de *Mandorle* et de *L'Éclat.* Préface et traduction de Jacques Ancet.

DERNIÈRES PARUTIONS

239. Claude Roy	*À la lisière du temps.*
240. Edmond Jabès	*Le Seuil Le Sable.*
241. Pierre Louÿs	*Les Chansons de Bilitis.*
242. Miguel Angel Asturias	*Poèmes indiens.*
243. Georg Trakl	*Crépuscule et déclin.*
244. Henri Michaux	*Misérable miracle.*
245. Guillevic	*Étier* suivi de *Autres.*
246. Adonis	*Mémoire du vent.*
247. Max Jacob	*Poèmes de Morven le Gaëlique.*
248. Dylan Thomas	*Vision et Prière.*
249. ***	*Chansons françaises de la Renaissance.*
250. Eugenio Montale	*Poèmes choisis (1916-1980).*
251. Herman Melville	*Poèmes de guerre.*
252. André du Bouchet	*Dans la chaleur vacante.*
253. Gaspara Stampa	*Poèmes.*
254. Daniel Boulanger	*Intailles.*
255. Martial	*Épigrammes.*
256. Michel-Ange	*Poèmes.*
257. John Donne	*Poèmes.*
258. Henri Michaux	*Face aux verrous.*
259. William Faulkner	*Le Faune de marbre. Un rameau vert.*
260. Walt Whitman	*Poèmes.*
261. Stéphane Mallarmé	*Poésies.*
262. Yves Bonnefoy	*Rue Traversière.*

263. ***	*Anthologie de la poésie française du XIXe siècle*, II.
264. Hugo von Hofmannsthal	*Lettre de Lord Chandos.*
265. Paul Valéry	*Ego scriptor.*
266. Goethe	*Élégie de Marienbad.*
267. Lorand Gaspar	*Égée. Judée.*
268. Jacques Réda	*Les Ruines de Paris.*
269. Jude Stéfan	*À la Vieille Parque.*
270. Rainer Maria Rilke	*Lettres à un jeune poète.*
271. Pierre Torreilles	*Denudare.*
272. Friedrich Hölderlin	*Odes. Élégies. Hymnes.*
273. W. B. Yeats	*Quarante-cinq poèmes.*
274. Bernard Noël	*La Chute des temps.*
275. ***	*Anthologie de la poésie russe.*
276. André Chénier	*Poésies.*
277. Philippe Jaccottet	*À la lumière d'hiver.*
278. Daniel Boulanger	*Hôtel de l'image.*
279. Charles Leconte de Lisle	*Poèmes antiques.*
280. Alexandre Pouchkine	*Poésies.*
281. Elizabeth Browning	*Sonnets portugais.*
282. Henri Michaux	*L'Infini turbulent.*
283. Rainer Maria Rilke	*Élégies de Duino. Sonnets à Orphée.*
284. Maurice Blanchard	*Les Barricades mystérieuses.*
285. Omar Khayam	*Rubayat.*
286. Agrippa d'Aubigné	*Les Tragiques.*
287. Jean Cassou	*Trente-trois sonnets composés au secret.*
288. ***	*La planche de vivre.*
289. Pierre Jean Jouve	*Dans les années profondes.*
290. John Milton	*Le Paradis perdu.*
291. Pablo Neruda	*La Centaine d'amour.*
292. Yves Bonnefoy	*Ce qui fut sans lumière.*
293. Pier Paolo Pasolini	*Poèmes de jeunesse.*
294. Jacques Audiberti	*Ange aux entrailles.*
295. Henri Pichette	*Apoèmes.*
296. Stéphane Mallarmé	*Vers de circonstance.*
297. John Keats	*Poèmes et poésies.*

298. Paul Claudel	*Cent phrases pour éventails.*
299. Louis Calaferte	*Rag-time.*
300. André Breton	*Poisson soluble.*
301. David Herbert Lawrence	*Poèmes.*
302. ***	*Les Poètes du Chat Noir.*
303. Joachim Du Bellay	*Divers Jeux rustiques.*
304. Juvénal	*Satires.*
305. Odysseus Elytis	*Axion Esti.*
306. Nuno Júdice	*Un chant dans l'épaisseur du temps.*
307. Pentti Holappa	*Les Mots longs.*
308. Max Elskamp	*La Chanson de la rue Saint-Paul.*
309. ***	*Anthologie de la poésie religieuse française.*
310. René Char	*En trente-trois morceaux.*
311. Friedrich Nietzsche	*Poèmes. Dithyrambes pour Dionysos.*
312. Daniel Boulanger	*Les Dessous du ciel.*
313. Yves Bonnefoy	*La Vie errante. Remarques sur le dessin.*
314. Jean de la Croix	*Nuit obscure. Cantique spirituel.*
315. Saint-Pol-Roux	*La Rose et les Épines du chemin.*
316. ***	*Anthologie de la poésie française du XVIIIe siècle.*
317. Philippe Jaccottet	*Paysages avec figures absentes.*
318. Heinrich Heine	*Nouveaux poèmes.*
319. Henri Michaux	*L'Espace du dedans.*
320. Pablo Neruda	*Vingt poèmes d'amour. Les Vers du capitaine.*
321. José Ángel Valente	*Trois leçons de ténèbres.*
322. Yves Bonnefoy	*L'Arrière-pays.*
323. André du Bouchet	*l'ajour.*
324. André Hardellet	*La Cité Montgol.*
325. António Ramos Rosa	*Le cycle du cheval.*
326. Paul Celan	*Choix de poèmes.*
327. Nâzim Hikmet	*Il neige dans la nuit.*
328. René Char	*Commune présence.*
329. Gaston Miron	*L'homme rapaillé.*

330. André Breton — *Signe ascendant.*
331. Michel Deguy — *Gisants.*
332. Jean Genet — *Le condamné à mort.*
333. O. V. de L. Milosz — *La Berline arrêtée dans la nuit.*
334. *** — *Anthologie du sonnet français de Marot à Malherbe.*
335. Jean Racine — *Cantiques spirituels.*
336. Jean-Pierre Duprey — *Derrière son double.*
337. Paul Claudel — *Bréviaire poétique.*
338. Marina Tsvétaïéva — *Le ciel brûle* suivi de *Tentative de jalousie.*
339. Sylvia Plath — *Arbres d'hiver* précédé de *La Traversée.*
340. Jacques Dupin — *Le corps clairvoyant.*
341. Vladimír Holan — *Une nuit avec Hamlet.*
342. Pierre Reverdy — *Main d'œuvre.*
343. Mahmoud Darwich — *La terre nous est étroite.*
344. *** — *Anthologie de la poésie française du XXe siècle,* I.
345. *** — *Anthologie de la poésie française du XXe siècle,* II.
346. Pierre Oster — *Paysage du Tout.*
347. Édouard Glissant — *Pays rêvé, pays réel.*
348. Emily Dickinson — *Quatrains et autres poèmes brefs.*
349. Henri Michaux — *Qui je fus* précédé de *Les Rêves et la Jambe.*
350. Guy Goffette — *Éloge pour une cuisine de province* suivi de *La vie promise.*
351. Paul Valéry — *Poésie perdue.*
352. *** — *Anthologie de la poésie yiddish.*
353. *** — *Anthologie de la poésie grecque contemporaine.*
354. Yannis Ritsos — *Le mur dans le miroir.*
355. Jean-Pierre Verheggen — *Ridiculum vitae* précédé de *Artaud Rimbur.*
356. André Velter — *L'Arbre-Seul.*
357. Guillevic — *Art poétique* précédé de *Paroi* et suivi de *Le Chant.*

358. Jacques Réda — *Hors les murs.*
359. William Wordsworth — *Poèmes.*
360. Christian Bobin — *L'Enchantement simple.*
361. Henry J.-M. Levet — *Cartes Postales.*
362. Denis Roche — *Éros énergumène.*
363. Georges Schehadé — *Les Poésies*, édition augmentée.
364. Ghérasim Luca — *Héros-Limite* suivi de *Le Chant de la carpe* et de *Paralipomènes.*
365. Charles d'Orléans — *En la forêt de longue attente.*
366. Jacques Roubaud — *Quelque chose noir.*
367. Victor Hugo — *La Légende des siècles.*
368. Adonis — *Chants de Mihyar le Damascène* suivi de *Singuliers.*
369. *** — *Haiku.* Anthologie du poème court japonais.
370. Gérard Macé — *Bois dormant.*
371. Victor Hugo — *L'Art d'être grand-père.*
372. Walt Whitman — *Feuilles d'herbe.*
373. *** — *Anthologie de la poésie tchèque contemporaine.*
374. Théophile de Viau — *Après m'avoir fait tant mourir.*
375. René Char — *Le Marteau sans maître* suivi de *Moulin premier.*
376. Aragon — *Le Fou d'Elsa.*
377. Gustave Roud — *Air de la solitude.*
378. Catherine Pozzi — *Très haut amour.*
379. Pierre Reverdy — *Sable mouvant.*
380. Valère Novarina — *Le Drame de la vie.*
381. *** — *Les Poètes du Grand Jeu.*
382. Alexandre Blok — *Le Monde terrible.*
383. Philippe Jaccottet — *Cahier de verdure* suivi de *Après beaucoup d'années.*
384. Yves Bonnefoy — *Les planches courbes.*
385. Antonin Artaud — *Pour en finir avec le jugement de dieu.*
386. Constantin Cavafis — *En attendant les barbares.*
387. Stéphane Mallarmé — *Igitur. Divagations. Un coup de dés.*

388. ***	*Anthologie de la poésie portugaise contemporaine.*
389. Marie Noël	*Les Chants de la Merci.*
390. Lorand Gaspar	*Patmos* et autres poèmes.
391. Michel Butor	*Anthologie nomade.*
392. ***	*Anthologie de la poésie lyrique latine de la Renaissance.*
393. ***	*Anthologie de la poésie française du XVIe siècle.*
394. Pablo Neruda	*La rose détachée.*
395. Eugénio de Andrade	*Matière solaire.*
396. Pierre Albert-Birot	*Poèmes à l'autre moi.*
397. Tomas Tranströmer	*Baltiques.*
398. Lionel Ray	*Comme un château défait.*
399. Horace	*Odes.*
400. Henri Michaux	*Poteaux d'angle.*
401. W. H. Auden	*Poésies choisies.*
402. Alain Jouffroy	*C'est aujourd'hui toujours.*
403. François Cheng	*À l'orient de tout.*
404. Armen Lubin	*Le passager clandestin.*
405. Sapphô	*Odes et fragments.*
406. Mario Luzi	*Prémices du désert.*
407. Alphonse Allais	*Par les bois du Djinn.*
408. Jean-Paul de Dadelsen	*Jonas* suivi des *Ponts de Budapest.*
409. Gérard de Nerval	*Les Chimères,* suivi de *La Bohême galante, Petits châteaux de Bohême.*
410. Carlos Drummond de Andrade	*La machine du monde* et autres poèmes.
411. Jorge Luis Borges	*L'or des tigres.*
412. Jean-Michel Maulpoix	*Une histoire de bleu.*
413. Gérard de Nerval	*Lénore* et autres poésies allemandes.
414. Vladimir Maïakovski	*À pleine voix.*
415. Charles Baudelaire	*Le Spleen de Paris.*
416. Antonin Artaud	*Suppôts et Suppliciations.*
417. André Frénaud	*Nul ne s'égare* précédé de *Hæres.*

418. Jacques Roubaud	*La forme d'une ville change plus vite, hélas, que le cœur des humains.*
419. Georges Bataille	*L'Archangélique.*
420. Bernard Noël	*Extraits du corps.*
421. Blaise Cendrars	*Du monde entier au cœur du monde* (Poésies complètes).
422. ***	*Les Poètes du Tango.*
423. Michel Deguy	*Donnant Donnant (*Poèmes 1960-1980).
424. Ludovic Janvier	*La mer à boire.*
425. Kenneth White	*Un monde ouvert.*
426. Anna Akhmatova	*Requiem, Poème sans héros* et autres poèmes.
427. Tahar Ben Jelloun	*Le Discours du chameau* suivi de *Jénine* et autres poèmes.
428. ***	*L'horizon est en feu.* Cinq poètes russes du XXe siècle.
429. André Velter	*L'amour extrême* et autres poèmes pour Chantal Mauduit.
430. René Char & Georges Braque & Jean Arp	*Lettera amorosa.*
431. Guy Goffette	*Le pêcheur d'eau.*
432. Guillevic	*Possibles futurs.*
433. ***	*Anthologie de l'épigramme.*
434. Hans Magnus Enzensberger	*Mausolée* précédé de *Défense des loups* et autres poésies.
435. Emily Dickinson	*Car l'adieu, c'est la nuit.*
436. Samuel Taylor Coleridge	*La Ballade du Vieux Marin* et autres textes.
437. William Shakespeare	*Les Sonnets* précédés de *Vénus et Adonis* et du *Viol de Lucrèce.*
438. ***	*Haiku du XXe siècle.* Le poème court japonais d'aujourd'hui.
439. Christian Bobin	*La Présence pure* et autres textes.

440. Jean Ristat — *Ode pour hâter la venue du printemps* et autres poèmes.
441. Álvaro Mutis — *Et comme disait Maqroll el Gaviero*.
442. Louis-René des Forêts — *Les Mégères de la mer* suivi de *Poèmes de Samuel Wood*.
443. *** — *Le Dîwân de la poésie arabe classique*.
444. Aragon — *Elsa*.
445. Paul Éluard & Man Ray — *Les Mains libres*.
446. Jean Tardieu — *Margeries*.
447. Paul Éluard — *J'ai un visage pour être aimé*. Choix de poèmes 1914-1951.
448. *** — *Anthologie de l'OuLiPo*.
449. Tomás Segovia — *Cahier du nomade*. Choix de poèmes 1946-1997.
450. Mohammed Khaïr-Eddine — *Soleil arachnide*.
451. Jacques Dupin — *Ballast*.
452. Henri Pichette — *Odes à chacun* suivi de *Tombeau de Gérard Philipe*.
453. Philippe Delaveau — *Le Veilleur amoureux* précédé d'*Eucharis*.
454. André Pieyre de Mandiargues — *Écriture ineffable* précédé de *Ruisseau des solitudes* de *L'Ivre Œil* et suivi de *Gris de perle*.
455. André Pieyre de Mandiargues — *L'Âge de craie* suivi de *Dans les années sordides*, *Astyanax* et *Le Point où j'en suis*.
456. Pascal Quignard — *Lycophron et Zétès*.
457. Kiki Dimoula — *Le Peu du monde* suivi de *Je te salue Jamais*.
458. Marina Tsvétaïéva — *Insomnie* et autres poèmes.
459. Franck Venaille — *La Descente de l'Escaut* suivi de *Tragique*.
460. Bernard Manciet — *L'Enterrement à Sabres*.
461. *** — *Quelqu'un plus tard se souviendra de nous*.
462. Herberto Helder — *Le poème continu*.

463. Francisco de Quevedo — *Les Furies et les Peines.* 102 sonnets.
464. *** — *Les Poètes de la Méditerranée.*
465. René Char & Zao Wou-Ki — *Effilage du sac de jute.*
466. *** — *Poètes en partance.*
467. Sylvia Plath — *Ariel.*
468. André du Bouchet — *Ici en deux.*
469. L.G Damas — *Black-Label* et autres poèmes.
470. Philippe Jaccottet — *L'encre serait de l'ombre.*
471. *** — *Mon beau navire ô ma mémoire* Un siècle de poésie française. Gallimard 1911-2011.
472. *** — *Éros émerveillé.* Anthologie de la poésie érotique française.
473. William Cliff — *America* suivi de *En Orient.*
474. Rafael Alberti — *Marin à terre* suivi de *L'Amante* et de *L'Aube de la giroflée.*
475. *** — *Il pleut des étoiles dans notre lit.* Cinq poètes du Grand Nord
476. Pier Paolo Pasolini — *Sonnets.*
477. Thomas Hardy — *Poèmes du Wessex* et autres poèmes.
478. Michel Deguy — *Comme si Comme ça.* Poèmes 1980-2007.
479. Kabîr — *La Flûte de l'Infini.*
480. Dante Alighieri — *La Comédie.* Enfer – Purgatoire – Paradis.
481. William Blake — *Le Mariage du Ciel et de l'Enfer* et autres poèmes.
482. Paul Verlaine — *Cellulairement* suivi de *Mes Prisons.*
483. *** — *Poèmes à dire.* Une anthologie de poésie contemporaine francophone.
484. *** — *Je voudrais tant que tu te souviennes.* Poèmes mis en chansons de Rutebeuf à Boris Vian.
485. Pablo Neruda — *Vaguedivague.*
486. Robert Desnos — *Contrée* suivi de *Calixto.*

Ce volume,
le quatre cent vingt-deuxième
de la collection Poésie,
composé par Interligne
a été achevé d'imprimer sur les presses
de CPI Bussière à Saint-Amand (Cher),
le 2 novembre 2013.
Dépôt légal : novembre 2013.
1er dépôt légal dans la collection : septembre 2006.
Numéro d'imprimeur : 2005868.
ISBN 978-2-07-033900-6./Imprimé en France.

3,35 €

Ce volume,
le [illegible]
de la collection Folio
composé par Interligne
a été achevé d'imprimer sur les presses
de CPI Bussière à Saint-Amand (Cher)
le [illegible] novembre 2013.
Dépôt légal : novembre 2013.
1er dépôt légal dans la collection : septembre 2006
Numéro d'imprimeur : 2005863.
ISBN 978-2-07-033900-6./Imprimé en France.

170041